ESPÍRITOS DE CARROS QUEBRADOS

CADÃO VOLPATO

Copyright © 2020 Cadão Volpato

EDITOR
Rodrigo de Faria e Silva

PREPARAÇÃO
Diogo Medeiros

REVISÃO
Fabiana Teixeira Lima

PROJETO GRÁFICO E CAPA
Dora Levy

DIAGRAMAÇÃO
Dora Levy Design

IMAGEM DA CAPA
Dora Levy

ESPÍRITOS DE CARROS QUEBRADOS

CADÃO VOLPATO

SUMÁRIO

- (6) O PRIMEIRO SONHO DO ANO
- (56) O DEMÔNIO DO FIM DE SEMANA
- (98) O CASO DA FAIXA ESCONDIDA
- (126) NOTA FINAL

O PRIMEIRO SONHO DO ANO

Por baixo da ponte passa o rio negro, espelho dos faróis e das janelas iluminadas de edifícios que em breve estarão vazios.

Ouço música no rádio, não sei qual, tanto faz, prefiro música a notícia. O congestionamento se estende por quilômetros antes e depois da ponte. A viagem vai demorar. Dá a impressão de que nunca vai acabar.

Ouço uma FM desconhecida, nunca sintonizada antes, com música de elevador. Imagino a mesma música tocando em todos os carros.

Horizontes não são comuns na cidade. O rio não vai a lugar algum, está como que pavimentado. Antigamente, fogões e sofás e animais mortos de grande volume flutuavam nele melhor do que barcaças. Hoje, nem eles, objetos e mortos, se atrevem mais, o rio está morto, aqui é o ponto-final da barca dos mortos, é onde tudo termina.

O que se vê no entorno são serpentes de luzes emaranhadas. Nas primeiras horas da noite, o calor é pesado, o cheiro do rio é fétido. Quando consigo avançar mais um pouco, distraído pela música inofensiva, percebo que já atravessei a ponte, embora continue parado.

Ao abrir a janela do automóvel para a escuridão do lado de fora, escuto grilos cantando. Como é possível? Só posso ouvi-los porque os motores dos carros não conseguem roncar na inércia, apenas ronronam, e estranhamente não há buzinas.

As buzinas, dizem os homens da cidade, são coisa de mulher. Então este seria um congestionamento feito só de homens. Olho para os veículos ao redor em busca de um rosto feminino. E, de fato, não encontro nenhum – estou num pesadelo povoado por homens mudos dentro de bolhas. Um deles, inclusive, se debate contra um mosquito no interior do carro. Há um surto de febre amarela na cidade.

Fecho a janela, mudo de estação, a trilha sonora se transforma, ganha o tom de voz grave de um velho moribundo que anuncia uma música, mas poderia ser um funeral. Entra uma valsa lenta, de tempos imemoriais. Aumento o volume, os grilos continuam sua cantoria do lado de fora, mas o que quero mesmo é que eles cantem mais alto. Gostaria também de poder enxergar vaga-lumes.

Gosto de vaga-lumes. Talvez estejam escondidos, apagados no terreno baldio em cuja frente estou parado, na companhia de outras máquinas.

Quando era pequeno me vi perdido no meio de um prado à noite, enfeitiçado pelos vaga-lumes. Tinha quatro anos, e até então nunca tinha ido ao zoológico, nunca tinha visto um cavalo ou mesmo uma galinha ao vivo, a não ser pelo tubo da televisão. Só que as imagens eram em preto e branco, e o primeiro cavalo que avistei era baio, a galinha era um galo de penas verdes, vermelhas e roxas. A vida era colorida.

Naquela noite fiz cocô nas calças observando os vaga-lumes. Eu me lembro das luzinhas móveis e do alívio. Voltei sem calças para casa, levado pelo meu pai.

Dentro do carro nessa noite de congestionamentos não presto mais atenção no que está tocando no rádio. Não tem importância. E alguém finalmente mete a mão na buzina, e os motoristas atônitos procuram o rosto de uma mulher, mas se trata de uma criança no colo de um homem embaraçado. O menino veste o uniforme da escola e cansou de pular no banco de trás, cansou de bater a cabeça no teto. Igual a todo mundo, ele quer chegar logo em casa, está faminto.

Mas eu, no caso, eu que reabri a janela do carro para também procurar a mulher que buzina, não estou indo para casa, vou na direção contrária, e por isso atravessei a ponte e fiquei parado no meio do caminho, enquanto o trânsito não avança, a febre amarela grassa e a música sem cor sem sal toca no rádio.

Mas aconteceu o que sempre acontece quando se está com pressa (embora eu nem estivesse tão apressado assim, a cidade é que estava): as coisas quebram. Aconteceu com meu carro. Ele estava bem, andava macio e nada ofegante, o painel coberto de luzes coloridas não aparentava nenhuma mudança significativa, nada que tivesse acendido fora de hora, e de repente o motor parou, sem explicação. Nem sequer ronronava mais, não era como encontrar por acaso um filhote de gato dentro dele, aquecendo-se no inverno. Girei a chave mil vezes, esperei que reagisse no instante final, e nada; ele apagou, continuou inerte no trânsito que não avançava. Só tive tempo de respirar antes de entrar em pânico. Tanto respirei que fiquei calmo, estranhamente calmo. Pensei no filhote de gato que encontrara dentro do motor numa manhã de inverno em que a fumaça saía de todos os corpos e coisas quentes.

Olhei para os lados e vi que ninguém se importava, estavam todos absortos na própria imobilidade. Na mão contrária, porém, os carros começavam a andar, e quando minha fileira também ameaçou ir em frente, e eu pensei na tartaruga vencendo devagar e sempre a lebre que desembestara para o lado contrário, e como em todas as situações extremas o humor sem graça e incontrolável tomava conta dos meus pensamentos de trem fantasma, aí de fato entrei em pânico e agarrei o volante com todas as minhas forças. Inútil.

Nessas horas costumava acontecer de um anjo da guarda mover uma pena de sua asa escura e o panorama se alterar de forma dramática. Foi assim que uma caminhonete, passando do outro lado, despejou no acostamento um grupo de rapazes diligentes. Do nada, eles atravessaram a pista, tomaram conta do automóvel quebrado, e depois de um deles me instruir sobre soltar o freio de mão e deixar engatado ou qualquer coisa parecida, eles o empurraram para a margem, e depois pediram para abrir o capô e tentaram descobrir o problema. E ficaram debruçados sobre o motor, rindo. Devia ser um motor engraçado. E estava mesmo morto. Fiquei eufórico, sempre acontecia nos socorros súbitos. Eles riam em torno do capô como de uma piada numa lição de anatomia, mas em seguida eles o fecharam e vieram dizer que não tinham a menor ideia do que tinha acontecido. Eu não sabia como agradecer, nunca soube.

Eles atravessaram a pista e subiram na caminhonete, brincando. Eram trabalhadores de volta para casa, e eu fiquei pensando quando é que eles iriam chegar, e que chegassem logo, pois deviam morar longe pra burro, igual a todo mundo nesta cidade.

Saí do carro e fiquei encostado na lataria. Se fumasse, acenderia um cigarro. Se o celular estivesse vivo, teria ligado para o seguro, mas a bateria também estava morta. Já era tarde, perto da hora do jantar, e embora quase nunca jantasse de verdade, estava do outro lado da cidade e precisava chegar ao meu destino. E como sempre acontece nesses casos, o trânsito começou a andar.

Então tomei uma certa distância do carro quebrado. Era branco, poderia passar pelo fantasma de um veículo.

Estava tão apagado que dava pena, nada mais lembrava a vida frenética que ele havia vivido. Sei. Os rapazes que ajudaram a empurrar estão agora numa serpente luminosa que se move, a caminho de casa. Dou as costas para o carro branco e começo a seguir em frente, a pé.

Sei apenas que não está nem muito longe nem muito perto. Andar faz bem, eu penso. Logo, caminho. Sempre que ando penso que andar foi feito para pensar, mas o meu peripatetismo está cheio apenas de leveza e banalidade.

No meio desse caminho a pé, ofuscado pelos faróis dos carros que passavam no lado contrário, lembrei do seguinte: estava numa fila do exército, pronto para cortar o cabelo e entrar para o Batalhão de Guardas, era uma fila já sem esperança, com alguns arrimos de família, eles estavam bem à minha frente, e eu numa desilusão terrível, certo de que arruinaria o próximo ano e os outros, de que seria humilhado na caserna e teria que fazer uma volta de 180 graus nos meus sonhos juvenis e cair na realidade com os dois pés bem plantados no chão, calçados nos coturnos do uniforme verde-oliva, e além de tudo era a ditadura. Foi quando abri o jornal com o resultado do vestibular e vi que meu nome estava na lista da universidade. Levei um susto enorme e fiquei alegre, para logo depois cair numa depressão ainda pior, tendo mais coisas a perder. Só que antes dessa fossa eu havia soltado um quase grito de alegria, e os rapazes da fila, quase todos arrimos de família, acabaram ouvindo e perguntaram o que tinha acontecido (por que estava numa fila com arrimos de família era algo que eu não conseguia me lembrar).

Pois foram os arrimos de família, reunidos ao meu redor, que me deram parabéns como se fossem velhos camaradas e me instruíram a procurar um oficial que pudesse ajudar. Afinal, não era justo uma pessoa entrar na faculdade e ter de servir o exército ao mesmo tempo. Quem sabe não funcionava? E eu acabei chegando num cabo, que nem deu muita importância ao fato, mas no final das contas me vi numa sala apertada, de frente para um oficial de óculos, um tenente ou capitão que mal olhou para mim, apenas perguntou qual era a faculdade, e eu quase ouvi um parabéns, ou pensei ter ouvido, porque o homem de cabeça baixa, com uma lista nas mãos, apenas riscou meu nome e disse "Pode ir", e no papel que recebi estava escrito "excesso de contingente".

Foi um dos dias mais felizes da minha vida, e ainda atordoado e leve atravessei o pátio e fiz positivo para os rapazes que se dirigiam para o alto de uma colina na hora de abater o cabelo, os arrimos de família. Não sabendo o que fazer com a gratidão que sentia, apenas segui em frente.

E agora eu seguia em frente, para a casa de Shiro.

Por que uma visita num horário tão ruim? Talvez eu tenha sentido alguma vibração estranha no telefonema desta manhã. Nunca um abalo sísmico, no caso de Shiro, apenas um breve tremor. Durante anos achei que ele era frio, mas não era. Na infância, ele não manifestava os sentimentos. Mantinha um sorriso dócil, gostava de rir. Tinha muita força física, embora não parecesse; ia até o fim das coisas, mas em certo momento parava para contemplá-las, de alguma forma se perguntando como e por que havia chegado até ali. Ao entrar na faculdade de Medicina, por exemplo.

Parecia não estar nem aí, mas estava. De repente, ninguém sabia de que jeito havia chegado. E de repente era abraçado como se tivesse acabado de chegar, embora estivesse por ali há muito tempo. Quando os amigos brigavam, olhavam direto para ele, não só porque acabavam de descobrir que ele estava por ali, mas também porque necessitavam das suas feições plácidas, que costumavam apaziguar os conflitos.

Foi assim ao longo dos anos, nós permanecemos amigos, de um lado dois Vesúvios (dois do núcleo duro de três), do outro, o Monte Fuji. Talvez, nem tanto, mas nós meio que estabelecemos os papéis dessa maneira, às vezes ligávamos para uma consulta com o Dr. Shiro, nunca sobre alguma doença, nós nos considerávamos tão fortes que, se ficássemos doentes era como se estivéssemos morrendo. As consultas eram sobre coisas corriqueiras, desculpas para saber se estava tudo bem, sempre depois de muito tempo sem notícias dos três lados. A gente mal se falava, mas tinha um entendimento tácito sobre a amizade. Tudo bem ficar sem notícias por um longo tempo. Estávamos na faixa dos 60 anos. Shiro era o único que dominava a parte física da máquina humana. Era o que menos entregava a idade que tinha. Nós dizíamos que ele nunca envelhecia, e que, graças aos privilégios médicos, dormia congelado numa câmara criogênica.

No telefonema desta manhã, ele estava diferente, e aí volto aos leves tremores sentidos no telefone. Foi quando descobri que ele e Cláudia tinham se separado. Shiro disse isso da forma mais suave possível, pois para alterar o jeito com que falava era preciso um cataclisma (como quando me contou da morte do pai, da mudança de um irmão para uma praia do Nordeste, da descoberta de um colega mau-caráter no hospital). Parecia mais grave que uma discussão de relação, e parecia (não havia ficado muito claro) que Cláudia tinha ido embora. Talvez não agora, mas bem antes, talvez no final do ano, talvez no começo.

Por isso eu estava indo até lá. Agora, a pé.

Os japoneses do século XX aguardavam o sinal verde para atravessar ainda que a rua estivesse deserta, de modo a deixar espaço para os espíritos de carros quebrados. O espírito do carro que deixei para trás devia estar indo agora na direção oposta, de volta para a garagem do prédio de onde saiu esta manhã. Mas espero que o corpo de lata volte à vida.

Com o celular também apagado, eu me sinto livre e fora desse mundo mesmo que as ruas ainda estejas lotadas de carros voltando para casa. Só muito à frente, quando o trânsito diminui de maneira dramática, escuto os grilos outra vez, e até as cigarras cantam. É uma calma com a qual nós, do centro nervoso da cidade, não estamos mais acostumados.

Chega um momento em que a noite fica mais escura, e o calor diminui, levado pelo vento que também me empurra. Caminho com a sensação de que estou sempre chegando, e sempre, ao fazer a curva, percebo que falta ainda mais um tanto. Esse tanto é sempre mais, embora a esperança não morra, e as pernas já caminhem com uma certa autonomia muscular, de um brinquedo cheio de pernas do século XIX. É nisso que penso, no brinquedo que vi na internet, uma boneca de cujo vestido saía um círculo de pernas móveis permanentemente caminhantes. É o tipo de pensamento livre que os passeios despertavam em minha mente. Dessa vez, porém, coberto de suor.

Em certa curva, pude avistar as luzes da cidade lá embaixo, emolduradas pelas sombras de pinheiros altos que ascendiam para o céu. Um pouco mais abaixo, num terreno baldio, acontecia afinal o milagre dos vaga-lumes. Fiquei dividido entre as luzes vacilantes da cidade e as microlanternas dos vaga-lumes. Era toda uma galáxia.

Por fim, quando já havia perdido quase todas as esperanças de chegar logo, a casa de Shiro apareceu no alto de uma colina. Não tinha nada demais, era um muro coberto de hera e, numa placa, um número quase infinito, de tão grande. Havia também uma placa menor com a cabeça de um pastor alemão. Não me lembrava de ter visto isso em outro lugar, só na infância. A placa dava a entender que ali passava um guarda-noturno (num assovio comprido, eu imaginava). Mas será que ainda existia? Estava quase alegre por ter chegado. Meus pés tinham conseguido sozinhos. Minhas pernas ainda se movimentavam e não conseguiam parar quietas. Quantos quilômetros teria caminhado? Não conseguia fazer contas, apertei logo a campainha. Veio um chiado eletrônico, depois uma voz inaudível. O portão se abriu num estalo e eu entrei no jardim onde cigarras cantavam mais alto, e também os grilos, e atrás do portão fechado ficou o ruído intermitente de automóveis desgarrados.

A casa estava meio escura, não dava para enxergar direito o jardim, apenas adivinhar as formas enquanto meus pés esmagavam o cascalho. Eu sabia que tudo em volta era rústico, imperfeito, monocromático, e daí vinha o seu encanto.

A porta de entrada estava aberta. Passei pelo hall e desci dois degraus até a sala de visitas. Sabia que os móveis também eram rústicos, imperfeitos, monocromáticos, cadeiras de formatos variados, poltronas grandes e pequenas, um sofá um tanto gasto e muito macio, quadros de paisagens na parede: uma vista do Monte Fuji, uma reprodução da montanha de Cézanne num canto, sem muito destaque, e uma pintura de algum parente acima de uma cadeira ao lado de um móvel escuro em que ficava o telefone vermelho. Não sabia por que havia um telefone vermelho ali, parecia um objeto inútil. Uma criança não saberia para que serve o disco com os números, não saberia discar um número, mas o aparelho tocaria ainda naquela noite num trrrrrim assustador, de emergência.

Sentado numa poltrona de canto com o espaldar alto, Shiro, de pernas cruzadas, levantou a mão com o copo na minha direção e disse: Saúde. Ainda não o tinha visto, mas assim que botei os olhos na cena, enxerguei também a mesinha em frente, com uma garrafa de uísque sobre uma toalhinha rendada. Ao capturar meu olhar, Shiro completou o brinde dizendo espaçadamente: Sun--to-ry, como Toshiro Mifune falando rudemente o inglês.

E soluçou. Parecia uma propaganda cômica.

Eu me lembrava de David Niven tomando uísque na sala de visitas de um castelo na Escócia, onde havia chegado de Rolls-Royce. E sentado numa poltrona parecida com aquela em que estava Shiro, conversando com a câmera, tomava uma dose on the rocks, que segundo ele, era o jeito brasileiro de tomar uísque. Seu bigodinho parecia ter vida própria, uma fleuma britânica e cômica.

Ri com a saudação. Sabia que Shiro não bebia. Shiro se levantou e foi até a cozinha, de onde voltou com um copo cheio de gelo, no qual serviu uma dose generosa. A garrafa não era de Suntory, reparei. Disse que parecia um filme. Nos filmes, sempre servem uísque e fumam. Shiro disse que felizmente nós não fumávamos. Nós bem que tentamos, respondi. E aí ficamos lembrando de um tempo na infância em que íamos para trás dos bambus de um terreno baldio com dois cigarros roubados do pai dele. E ficávamos tossindo.

E aí, tudo bem? Tudo bem, tudo indo. Ah. Ele sentou no sofá confortável, onde havia três almofadas de cores fortes: laranja, verde e vinho. Então não era tão monocromática assim aquela casa. O Monte Fuji parecia aprisionado dentro de uma folhinha da Seicho-no-ie. O monte de Cézanne era austero, ou assim parecia. Aliás, uma reprodução tão pequena, tão modesta. Abaixo dele, sobre um móvel, havia um toca-discos ao lado de um vaso cheio de ramos de folhas secas, os esqueletos de algumas delas mostrando suas finas nervuras.

Nas raras ocasiões em que estive ali, ouvimos música, as velhas músicas de que gostávamos, do tempo em que havíamos parado em matéria de música, mas que sempre voltava. Nessa noite não havia música. A música está proibida na casa de uma pessoa que acaba de ser abandonada. Mesmo porque, isso eu suspeitava, Shiro só gostava de ouvir música na companhia de Cláudia. O toca-discos só tocava movido pelo braço de Cláudia.

Estamos no começo do ano, logo depois do carnaval, quando só então a vida começa a acontecer. Vim a pé, eu digo. Isso não me surpreende, Shiro responde. O que aconteceu? O carro quebrou no meio do congestionamento, e agora está lá abandonado, esperando que eu chame um mecânico. Chamou? Não, meu telefone está sem bateria. Então chame. Shiro também falou sobre a possibilidade de o espírito do carro ter voltado sozinho para casa, conforme acreditavam os japoneses do século XX. Ele é que tinha me contado isso.

E aí, e Cláudia? Lembrava do seu olhar curioso. Shiro continuou bebendo, afundado de novo na poltrona. Pois é, disse. Foi embora. E contou que haviam brigado na noite de Ano-novo, e que desde então ela foi ficando cada vez mais muda. E que uma bela manhã antes do carnaval ela anunciou que estava indo embora, sem dizer para onde, embora ele suspeitasse que ela estivesse escondida na casa da mãe no interior, ou em Portugal, perto do Porto, onde vivia uma parte da família do pai. O pai ele não sabia onde vivia, ela podia estar com ele também. Enfim, não tinha notícias dela e não sabia o que estava por acontecer. Continuava tocando a vida, por isso não tinha comentado nada. Na verdade, continuava fazendo as mesmas coisas de sempre no hospital, não tinha mais tempo para nada e nem conseguia pensar direito em Cláudia. Mas é claro que pensava sempre que estava desocupado. À noite, principalmente, antes de ir para a cama. Por isso estava bebendo, para dormir sem se dar conta de que ela não estava ali ao lado. É isso. Foi de uma eloquência inesperada, e tudo parecia já estar contado. Assunto encerrado.

Lembro-me dos braços de Cláudia, para os quais olhava quando Shiro não estava olhando. Eram bonitos, e eu gosto de braços, e de coxas e até de joelhos. Quem mais gosta dessas partes de uma mulher? Sempre achei que os homens só veem o conjunto ou se fixam na bunda, mas eu não, eu olho para os braços, se estiverem nus, embora nem sempre apareçam nus. Duas belezas diferentes, uma mulher vestida e uma mulher nua. Eu gosto das mulheres vestidas que, na penumbra, exalam a nudez que eu apenas pressinto. É um mistério, antes que elas tirem a roupa. Prefiro a miopia de enxergá-las em partes, não completamente devassadas, uma coxa, uns braços, um sexo. Então havia os braços de Cláudia.

Até que ela parecia gostar de você, Shiro disse. Parecia, eu disse. Você acha? Ah, parecia. Na última vez em que estive aqui ela estava de mãos dadas com você, não largava sua mão. Verdade. Era canhota, não era? E o que tem a ver? Sei lá. Acho bonito. Era canhota. Você precisava ver de que forma ela lidava com a tesoura na mão esquerda. Parecia que nada ia sair dali, e sempre saía, um embrulho, um maço de flores. E também arremessava bem a bola, que às vezes até fazia uma curva. Tudo bem, foi só uma vez, a primeira em que ela pegou na bola.

Lembramos da casa paterna de Shiro. Do terreno baldio que existia ali perto, onde ficavam os bambus e onde os irmãos jogavam beisebol, quase uma partida inteira de beisebol, muitas horas. Lembramos da luva gasta que revezavam, e do único taco que possuíam. E de que maneira escreviam na bola tão dura os nomes dos seus times de futebol.

Às vezes, eu disse, indo para o interior, passo ao lado daquele campo de beisebol coberto por uma rede de proteção imensa, onde joga o pessoal da colônia. Às vezes os meninos estão por ali, levantando poeira numa corrida. Um dia ainda vou parar para assistir. Quem sabe não acertam a bola que vocês nunca conseguiam acertar? Ah, mas o meu irmão mais velho acertava, ele disse. E o do meio arremessava bem. Ele também era canhoto. Eu me lembro de um raio que caiu no meio dos bambus, e o meu irmão ficou gago por um tempo, e meu pai ficou preocupado com ele, porque se escondia em dias de chuva, e meu pai pedia para a gente cuidar dele, e agora ele foi morar na praia, e não está mais gago. E nunca mais praticou nenhum esporte. Apenas nada. Até você ajudou a cuidar dele.

Por que ela foi embora? Porque se encheu de mim? Porque estava farta da vida que levava? Porque não me fazia falar? Como vou saber? Ela não disse mais nada, saiu sem dizer quase nada, saiu em silêncio mortal. É culpa minha? Se eu tivesse falado tudo o que estou falando a você, talvez ela não tivesse ido embora. Mas aí eu precisaria ter bebido. E você sabe que eu não bebo. Tem outra pessoa? Não que eu saiba. Ficou enjoada? Estava grávida? Queria ficar grávida e não conseguia? É tudo que eu tenho a dizer, eu acho, a perguntar, mesmo porque não tenho resposta para nada, acho que ela se encheu, é isso. Agora fala de você.

Eu? Eu não tenho nenhuma novidade. Faz tempo que não tenho nenhuma novidade. Ida continua lá, com a menina. Está fazendo uns cursos noturnos de diversas disciplinas. Ela se ocupa, e a menina gosta de mim, a minha enteada, e começou a namorar. O namorado me trata feito um pai, e pronto, eu olho com meu olhar mais severo, ele passa e sorri amarelo, e vai para o quarto, e me chama de senhor. Sim, um senhor senhor, mas não pareço tão velho, sei lá, quanto o Cavallo (e assim, no meio de tantas digressões, ponho-me a falar de Cavallo).

Cavallo, Rocinante, Azarão, Bucéfalo, Poule de 10, Barbada, que mais? Ele parece ainda mais velho do que sempre foi, porque sempre pareceu mais velho, muitos anos à nossa frente. Mas temos a mesma idade! Eu, você e ele, certo?

Cavallo tem aquele coração, mas é sempre necessário dizer isso a ele, coisa que pouca gente tem vontade de fazer. O nome assusta. Espero que o coração seja bom mesmo, medicamente falando. Acho que é, nenhum de nós parece ter algum grande problema de saúde. Lembra o que ele diz: o segredo é nunca abrir o capô. Se abrir o capô, já era. Nunca olhe demais para dentro da máquina. Se abrir o capô, já era. Nunca abra o capô, essa é a mecânica do Cavallo. Quatro cavalos, dois cavalos, ele e seu carro velho que não para de se mover, com toda aquela fumaça e lataria danificada. Nem é tão velho assim, é que foram muitos carros velhos e a gente sempre acha que se trata de um novo carro velho. Ele é mão-de-vaca. Ele é pão-duro. Ele acena de mão fechada. Ele possui a mesma máquina fotográfica de quando começou, ou mais ou menos isso. Se bem que eu estava lá quando ele começou. Enfim, ele tem os problemas de família dele etc. e tal e aquela aparência largada de ermitão, cheio de cascos, e é o sujeito mais individualista que eu conheço, um cavalinho baixo troncudo indomável, um caramujo que vai chegar lá longe aonde nunca chegaremos.

Faz tempo que não falamos, portanto ele deve estar bem.

O segredo é nunca abrir o capô. Quantos espíritos de carros quebrados não devem cercar o Cavallo ao voltar para casa?

O que terá acontecido com você, Barba-Azul? Pois você é um barba-azul ou não é, Shiro me disse de uma hora para outra. Quantas mulheres você teve e matou em sua vida? Outro dia fiz as contas. Minhas contas seriam rápidas, diz Shiro. Acho que tive uma mulher para cada ano de vida, sessenta e tantas. Uma maravilha. Muito pouco perto de um Casanova. Perto dele somos virgens. Imagina eu, então, um médico japonês de uma médica só. Mas hoje eu sou um bilhete só de Ida, eu disse. Já faz tempo – Ida apareceu do nada, dentro de uma videolocadora. Ela estava estudando a capa de um vídeo pornográfico, em que uma velha, só de avental, abria as pernas na mesa de uma cozinha. Ela riu. Trocamos um olhar, pois eu ri da sua risada e, ao mesmo tempo, observei a capa. Eu estava só de passagem pelo corredor. Tirando tudo isso, ela me pareceu de uma tristeza abissal, e por muito tempo eu procurei nela a pessoa que estava rindo da velha holandesa de pernas abertas de um vídeo holandês que levaríamos para casa.

Tudo que veio a seguir nunca teve nada a ver com as velhas pernas holandesas. Eu olhava para Ida sem que ela me visse e procurava aquela mulher sorridente, não muito nova, não muito velha, dotada de alguma jovialidade no corpo, no qual havia uma passagem secreta que às vezes se abria, e então ela gozava, e ainda é assim, a pessoa que olhava para as pernas abertas da velha holandesa às vezes reaparece, e ri, costuma rir na cama, só que muito pouco, e tão raro, que sempre vou para cama esperando que ela ria naquela noite, um sentimento que nunca termina. Sobreviveu mais dos que as locadoras de vídeo, muito mais do que a velha holandesa, e ela já veio com uma filha, e foi na casa dela que eu conheci o seu lado mais circunspecto e misterioso. E ela e a filha não se abrem, florescem de vez em quando, a menina carrega o namorado para o quarto e não se ouve mais nada. Ida me carrega para o quarto e não se ouve mais nada, porque ela nunca faz barulho, apenas ri muito de vez em quando. Portanto, foi assim que o Barba-Azul se aposentou, ela no apartamento delas, eu no meu, mas sempre voltando para lá, xeretando, à espera de que aquela risada reapareça, e por isso eu nunca paro de pensar na velha holandesa de pernas abertas na cozinha à medida que Ida envelhece. Ela é bem mais nova do que eu, mas envelhece. O corpo dela ainda é bonito, porque ainda não se abriu por inteiro. A filha também vai ter que envelhecer para ficar bonita. Porque toda vez que eu vejo um vislumbre do corpo de Ida, e ela nunca fica totalmente nua na minha frente, percebo que ela está escondendo alguma coisa melhorada com o tempo. Mesmo que a barriga esteja flácida, não tenho mais me importado com isso, pois de repente, em uma nova primavera, ela reaparecerá naquela floração quase irreal de tão verdadeira, e eu acharei tudo bonito, os joelhos que brilharão cada vez mais, os seios que parecerão maiores e todas as rugas ao redor dos seus olhos.

Nunca fomos tão eloquentes, digo para mim mesmo. Ele deve estar muito mal, e eu também, talvez. Vi a fruteira lascada sobre o aparador. Tinha um remendo dourado. Dentro dela, parecia não haver nada, e, no entanto, havia uma única tangerina. Do jardim, disse Shiro, do pé de tangerina, a única que vingou. Faz dois dias que está ali, pode comer, se quiser. E assim fui até ela e a descasquei e fiquei encostado no aparador enquanto comia. Estava muito boa. Depois a gente pode ir lá fora pra você ver como é. Eu, o Barba-Azul, fico juntando os caroços na mão. Mais um empreendimento da Cláudia, ela que plantou e não sabe que deu uma única tangerina. Também não consegui me livrar dela, ainda bem que você comeu (e voltou a olhar para o malte dentro do copo: Sun-to-ry). Você está bêbado? Nem um pouco, só um pouco. Sabe aqueles executivos dormindo em todos os cantos de Tóquio, bêbados depois do expediente? Muito bem, eu até gostaria de dormir, mas não estou bêbado o suficiente. Ainda bem que não sou um cirurgião, não tenho que operar ninguém amanhã.

Foi aí que o telefone vermelho tocou, e Shiro deixou o copo de lado para atender a ligação. Ficou conversando um bom tempo. Enquanto isso, andei pela casa, fui até o quadro do Monte Fuji, e fiquei parado diante dele, as sementes da tangerina ainda na palma da mão. Consegui não pensar em nada, apenas suspirei diante do Monte Fuji, e senti frio.

Shiro voltou e disse que era um paciente ao telefone. O paciente estava inquieto e fez uma série de perguntas. Ele foi respondendo uma a uma com toda a calma do mundo, mas sem pensar direito nas respostas. A falta que a Cláudia faz tem me atordoado um pouco. Me sinto enjoado das doenças do mundo. E Cláudia tirou uma licença e sumiu, levando com ela os remédios que eu poderia receitar. Então estou meio sem repertório. Ainda bem que ninguém está doente por aqui, só tem carros quebrados na área, disse, deixando o telefone fora do gancho.

Seria uma boa escalar o Monte Fuji, eu disse, ainda parado diante do quadro.

Aceite pacificamente o ciclo natural do crescimento e da decadência, foi o que eu disse ao homem para encerrar o assunto, contou Shiro. Do outro lado da linha, o doente ficou mudo porque pensou que, na certa, estava morrendo. Então agradeceu e desligou.

Shiro disse que gostaria de mostrar uma coisa no jardim. Ele abriu uma gaveta e retirou uma lanterna. Mesmo com a iluminação exterior, não dava para enxergar. Fomos para a entrada, e o jato de luz da lanterna iluminou os contornos de plantas que poderiam estar numa paisagem aquática com verdes e marrons profundos. Mas o que Shiro queria mostrar era um pequeno tanque cercado de pedrinhas. À margem dele, também iluminou o que parecia ser um minúsculo sapo, que ficou imóvel, esperando o perigo passar. Era uma criatura verde, parecida com um brinquedo de plástico, um sapo que se usasse para dar um susto em alguém. Esse sapo é parecido com o Cavallo, Shiro disse.

Uma forma esquiva se movia na superfície diáfana, agitando as nadadeiras. Era uma carpa quase albina. Mal havia espaço para ela, aprisionada naquele tanque minúsculo, o tempo todo à escolha de uma direção a seguir. Não olhe pra mim, disse Shiro, não sou tão japonês assim, foi ideia da Cláudia. Tinha um casal aí, veja você. Um deles morreu, não sei se o macho ou a fêmea. Parece que o jardineiro levou para casa e comeu. Pensando bem, deve ter sido a fêmea que morreu. O peixe tinha uma mancha vermelho-sangue. Não está fácil pra ninguém, disse Shiro, apagando a lanterna. O peixe está doente. O jardineiro deve aparecer esta semana.

Recolhi duas pedrinhas e fiquei brincando com elas entre os dedos até voltarmos para o interior da casa. Shiro fechou a porta e voltou ao uísque. Sun-to-ry, disse outra vez. "Você nunca abriu um capô?", perguntei. Não, não sou cirurgião. Mas já vi muitos abertos, do pescoço ao umbigo, inclusive um coração batendo perfeitamente. Era o coração de um médico, médicos também morrem, e este não queria morrer de jeito nenhum, e, se pudesse, teria acompanhado toda a operação. Ficou tão maluco no pós-operatório que não falava coisa com coisa, apenas dava ordens desconexas às enfermeiras. Contou histórias que ninguém conhecia, sobre outras vidas que teve. Entrou naquela fase em que o doente ganha forças e acha que vai sobreviver, quando na verdade o organismo está acumulando forças para morrer. E olhando para a janela do quarto, por onde entrava a luz, morreu de olhos bem abertos para ver se não estávamos fazendo algo de errado com seu corpo. Ele tinha um câncer incurável no pulmão. Sempre pode ficar pior. Como a palavra portuguesa para câncer. Cancro. Sempre soa pior. Pode crer. Foi Cláudia que disse.

Quando fomos ao Japão, por não falar japonês, me senti na obrigação de ficar calado. Apenas sorria, e Cláudia ria de mim toda vez que alguém se aproximava. Ela até mantinha uma certa distância para observar – e rir melhor. É ela a louca do sushi, do lámen. É ela que se metia em todos os lugares sem a menor vergonha, saciando a curiosidade de criança, eu atrás, o japonês mudo e sorridente, meio atrapalhado. Ela sempre gostou de uma aventura. Eu não sou gourmet, mas também não sou solitário, então ficava atrás dela carregando suas compras e comendo a mesma comida, os infinitos lámens e todos os peixes crus que ela pudesse comer. Ela sempre comeu muito bem. Em busca do sushi imperfeito, pois os perfeitos pareciam estar por toda parte. Os dois entrando e saindo do metrô, estacionando no meio da faixa de pedestres no centro de Tóquio, cercados de luzes estonteantes, essas coisas. Pois um dia me revoltei e saí sozinho, enquanto ela dormia. Fui a um banho público, ali perto do hotel. Confesso que fiquei com medo de me perder, e não teria coragem de perguntar a ninguém sobre o caminho de volta. Então memorizei cada passo, as cores de uma fachada, o animalzinho que piscava em neon acima de uma loja, uma porta de correr com tinta descascada. E olha que ficava na mesma rua do hotel, uma rua estreita que, no entanto, serpenteava e dava em becos sem a menor lógica. Foi quando vi a primeira mulher de quimono, uma aparição que me fez esquecer o caminho de volta. Imaginei que o inverno estivesse chegando, e pensei que ela trazia as cores da neve e do sangue. Seu quimono era branco, salpicado de vermelho, e ela caminhando era uma aparição a dois palmos do chão. No dia seguinte, veríamos um homem de pijama fazendo compras numa loja de conveniência, sem que ninguém reparasse nele.

Depois encontrei a casa de banho, e depois foram muitas aventuras até conseguir tirar a roupa e sentar num banquinho e me banhar com uma bacia e rezar para que ninguém aparecesse, pois ainda era muito cedo. Mas um homem pequeno entrou e sentou-se bem próximo do meu banquinho, e o mais engraçado é que também ficava sorrindo, o que me fez pensar se não seria um desses estrangeiros envergonhados de olhos puxados como os meus. E no entanto ele só se banhava com sua bacia azul, e ficamos os dois dentro da água estudando o mural ao fundo, com a imagem do Monte Fuji. Dois macacos em águas vulcânicas, fumegando. Finalmente eu estava sozinho no Japão. O homem tinha um pênis minúsculo.

Quando voltei ao hotel, e sem muita dificuldade, Cláudia estava no quarto me esperando, pronta para sair. Ela me disse que voltar de cabelo molhado para casa sem uma boa explicação era pedir o divórcio. E eu contei o que tinha acontecido. E ela fez questão de ir também à casa de banho. A mocinha que tinha me dado a chave do armário na portaria não entendeu nada ao me ver de novo, dessa vez na companhia daquela mulher que parecia uma criança em visita a um aquário. De volta à área de banho masculina, mergulhado na banheira, pensei em Cláudia na área de banho feminina e, não sei por quê, tive uma desconfortável ereção que precisei esconder assim que um banhista mais robusto entrou e eu pensei – ou pelo menos pensei que Cláudia poderia ter dito – que se tratava de um famoso lutador de sumô.

Então lembramos do tempo da casa no Jabaquara. O pai de Shiro era viúvo, e cuidava sozinho dos cinco filhos, todos homens. Uma empregada fazia a comida e limpava a casa. Ali se comia o que se comia na casa de todo mundo que tinha comida em casa. Arroz, feijão, bife e salada de tomates. No caso deles, muito tomate e muito caqui, muito tomate partido ao meio com sal e muito caqui, caqui o tempo inteiro, e também laranjas com sal, duas coisas que eu não conseguia entender, o gosto pelos caquis e o sal nas laranjas. E nenhum doce, só os clandestinos.

Muitas vezes a gente estudava junto. Os irmãos eram todos de exatas, Shiro era o único a escolher Medicina. Eles brigavam muito, trocavam porradas e depois faziam as pazes. Shiro sempre ficava à parte. O pai era engenheiro mecânico. Em geral, eu estava saindo quando ele chegava do trabalho. Vivia envolvido com a construção de uma usina, não era de muitas palavras, estava sempre de paletó, arrancando a gravata, e carregava uma pasta de couro muito velha debaixo do braço. Chegava e ia para a cozinha. Os meninos estavam dispersos pelos três andares da casa, um sobradão que tinha uma espécie de bunker subterrâneo, era lá que ficava a televisão e onde tudo acontecia, lá onde ficavam as pilhas de mangás que eu folheava, sempre de trás para a frente como deveria ser, mas naturalmente não entendendo nada. Lembro do desenho de um peixeiro nervoso, de tamancos, com uma faixa na cabeça e uma camisa regata. Era possível adivinhar o quanto a vizinhança o deixava nervoso, e um dos vizinhos parecia de fato o mais irritante, um sujeito de terno preto e gravata com um sorriso triunfal nos lábios, talvez metido com a especulação imobiliária. E havia também um gato falante que andava sobre as patas traseiras, enquanto os cachorros – uma multidão deles – viviam de quatro, virando latas.

A chegada do pai trazia o armistício. Eles então passavam a conversar em japonês, só os irmãos mais velhos e o pai, porque Shiro, o mais novo, tinha que se esforçar para sobreviver entre eles e jamais conseguiu aprender a língua. Ele mal conseguia se intrometer numa conversa. Se eu fosse convidado para jantar, ele ao menos podia conversar comigo, mas isso só acontecia uma vez por semana. O resto do tempo ele ficava tentando se impor entre os irmãos. Nunca vi nenhuma fotografia da mãe pela casa. Nunca soube o que aconteceu com ela, e nem Shiro nem os irmãos nem o pai tocavam nesse assunto. De alguma forma que não sei explicar, porém, ela parecia estar presente, acompanhando o ritmo da casa, de cômodo em cômodo, como se nada tivesse acontecido. Então seria natural que não se falasse muito dela. Minha intuição me dizia que ela morrera no parto de Shiro. Imagino o peso disso. Ele nunca disse nada, e os irmãos o protegiam.

O primeiro sonho do ano precisa ser muito bom. Um pesadelo significa mau presságio. Um Baku, animal que devora sonhos ruins, deve ser colocado debaixo do travesseiro para garantir um sonho bom. Meu primeiro sonho do ano não foi nada bom, disse Shiro, mesmo porque eu e Cláudia tínhamos brigado na noite do Ano-novo, vestidos de branco, quase na hora dos fogos de artifício. Acho até que brigamos durante os fogos de artifício. O motivo era a minha aparente indiferença. Ela disse que eu era – sempre tinha sido – uma pessoa fria, que por não ter filhos era incapaz de pensar à frente no casamento. Ela queria muito ter filhos, eu não queria, mas não era um problema, estava até disposto a tentar. Só que não deu nada certo, tentamos e tentamos, procuramos colegas, fizemos mil exames e jamais conseguimos descobrir a causa do problema. Então, depois de toda essa tormenta, meio que nos acalmamos, e raramente tocávamos no assunto. Quando o assunto surgia no ar tinha o cheiro de uma tempestade. Foi o que aconteceu na noite de Ano-novo: ele apareceu do nada, depois de rondar o dia inteiro, eu me lembro, e por fim explodiu e não pôde mais ser controlado, de maneira que nos separamos. Pronto, foi isso que aconteceu. Então quem ficou fria foi ela. Gélida, distante, apartada da realidade, longe dessa casa ainda que presente. Foi um fantasma durante alguns dias, e até a cor da sua pele mudou, ficou mais pálida. Eu nunca soube o que fazer, como responder, como reagir, apenas caí numa espécie de torpor, um sono profundo, uma letargia. Daqui a pouco é hora de dormir, uma bênção.

Nesse primeiro sonho do ano vi um fantasma flutuante passando ali nos fundos. Era uma mulher desconhecida. Ela flutuava e olhava para mim, e não era uma coisa bonita de se ver, esse fantasma da mulher esvoaçante. Depois ela subiu nos telhados e foi descendo pelas piscinas da vizinhança. Lembro que havia um detalhe que fazia desviar um pouco do medo que sentia: ela tocava a superfície d'água com uma delicadeza extraordinária, apenas com a ponta dos pés. E a água se abria em círculos suaves, que eu conseguia mapear muito bem de onde estava. E assim ela foi flutuando de piscina em piscina, cercada por um halo sobrenatural. Não sei onde o Baku estava que não comeu esse sonho. O fato é que eu não tinha um Baku.

Lembrei de um sonho que talvez não tivesse sido o primeiro do ano, mas que fora maravilhoso. Nele, havia trens que voavam de um planeta a outro, um carro extraordinário que também voava para Marte e era pilotado por uma mulher nunca vista antes e um homem de pele estranha, cheia de crateras no rosto povoadas por seres minúsculos que punham a cabecinha para fora e a escondiam em seguida. Também aparecia uma grande onda na Terra, mas, ao contrário de todas as expectativas, ela não assustava ninguém – as pessoas simplesmente entravam em seus veículos anfíbios e mergulhavam no mar, rumo a uma cidade submarina preparada para a ocasião. E boa parte do sonho transcorreu nessa cidade protegida por uma imensa redoma de vidro, a tal ponto que eu, que tenho medo do mar, acabo esquecendo a passagem da grande onda.

Ouvi falar do pássaro de um templo, diz Shiro, que come mentiras e cospe verdades. O que você acha? Acho que conheço uma fonte de alimentação muita rica para esse bicho. E também ouvi dizer que os japoneses fazem listas de coisas que aceleram o coração. Um enfarto. Mulheres que conheci. O nome Cláudia, infelizmente, ainda tem esse efeito. Algo que está para acontecer. O medo de morrer.

Um homem quer morrer, e todo dia, ao despertar na cama do hospital, reclama da vida. Até que, por fim, acaba morrendo. Foi embora sem saber, que droga, hein?

Ir embora sem saber. Diante do leito vazio, o médico e as enfermeiras sentem falta da tenacidade do paciente, mas não comentam nada entre eles. A morte e seu cortejo impõem respeito. Morrer não é fácil, diz Shiro. Viver também é difícil.

Lembrei do Daruma de um olho só que estava perdido num armário do meu apartamento. Faltava preencher um olho, e eu não conseguia lembrar o que havia pedido para que o Daruma ganhasse o outro olho. Fazia tanto tempo. Não lembrava se o pedido tinha a ver com saúde ou com dinheiro. Cravei na ideia de dinheiro, porque saúde eu tinha, não fiquei de cama nem um único dia nos últimos anos. O dinheiro, este evaporava ano após ano. Logo, devo ter pedido mais dinheiro. Como não consegui, o Daruma continuou caolho. Mas e se alcancei outra graça pretendida? E se tivesse a ver com amor? Não me lembro de ter pedido nenhuma mulher a mais do que Ida, Ida já estava lá há muitos anos. Os anos avançam e uma bruma cerca o tempo. O Daruma de um olho só ficou esquecido num canto do armário, a esperança no olho que faltava. Tinha sido um presente de Shiro.

Vamos para a porta dos fundos e saímos no quintal. Continuamos bebendo. Estamos no alto da colina, e dali avistamos as casas e as piscinas da vizinhança. Cada uma das casas tem uma piscina translúcida, mas não se vê vivalma em quintal algum. Shiro diz que estão todos dentro de casa, assim é que é, cada um na sua, mesmo quando em companhia dos outros. Ele mesmo conhece poucas pessoas abaixo da colina. As ruas, mais adiante, estão desertas. Não se encontra mais nem um orelhão nas ruas. Quem é que precisa? Os que não têm telefone? Todo mundo tem telefone, os orelhões morreram, não acha? Ainda estou com as pedrinhas que apanhei no tanque da carpa. Sento numa cadeira de praia, deposito o copo de uísque na grama e fico estudando as pedrinhas. Certa vez vi um pássaro comendo uma pedra. Se comia uma pedra e não era um avestruz, imagina o que era capaz de fazer. Cinza era a cor desse pássaro. Era feio como os entulhos da natureza, as estrelas anãs, por exemplo. São mesmo feias as estrelas anãs? Os ornitorrincos, os carros-anfíbios, embora os carros não sejam feitos pela natureza, como os caramujos, que também são feios e deixam um rastro pegajoso, mas pelo menos arrastam uma casa bonita. E certamente existem pessoas que comem pedra, ainda que dentro de uma sopa, uma sopa de pedra. A gente é capaz de comer qualquer coisa, até pedra, que vamos colhendo no caminho feito de pedras.

Lá embaixo, entre as piscinas, as pessoas nunca comeram pedra, nem eu, tampouco. Shiro talvez esteja comendo um pouco agora, com o sumiço de Cláudia. Pensando bem, Cláudia era bonita, para além dos braços, mas eu nunca tinha botado fé nisso, por tê-la visto poucas vezes.

Penso na piscina de Cecília. Cecília costumava tapá-la com uma lona por causa das meninas. Elas eram muito pequenas e ainda estavam aprendendo a nadar. O que aconteceu foi que a piscina passou muito tempo coberta pela lona, dava a impressão de que não existia. Quando, num belo sábado de sol em que eu estava lá de visita (na verdade havia passado a noite com a mãe delas) e a lona foi descoberta, a visão da água azul enlouqueceu as meninas. Agora elas estavam mais velhas e fazia tempo que sabiam nadar, só que a mãe havia esquecido da piscina, e elas também. Estávamos no tempo das chuvas, e de repente abriu o sol. E eu vi quando elas mergulharam com seus biquínis floridos, e quando Cecília também apareceu com um maiô florido e fez uma bomba na água que espantou os pássaros, inclusive aquele que estava comendo uma pedra.

Eu fiquei tomando sol, não tinha calção de banho. Gostei do corpo de Cecília visto à luz do dia, suas coxas fortes de mulher baixinha e ativa, nem tão bonita assim, mas que gostava de encontrar comigo naquele lugar sempre que possível, a sua casa afastada da cidade e do ex-marido, que ao se separar não tinha ideia de quanto nós dois já havíamos rodado pelos hotéis nas tardes em que nada acontecia, e não tínhamos compromisso.

Ninguém sabe da existência dela, ninguém desconfia. Durante muito tempo andamos juntos, trepando sem que ninguém soubesse. Nunca trocamos muitas palavras, o que, de certa forma, ajudava a esconder os encontros. Sempre em hoteizinhos de segunda categoria, aos quais chegávamos a pé, cada um vindo de seu próprio canto. De um lado, eu, nos dias em que não estava no apartamento de Ida. Do outro, ela, quando inventava alguma desculpa e matava algumas horas de uma tarde. E por isso, nos quartos desses hotéis mais ou menos vagabundos, sempre entrava um pouco de luz do sol, ainda que tangencial, ainda que fosse apenas uma ilusão. Logo, a gente se enxergava muito bem, e falava com toda franqueza do que fosse necessário. Aos poucos, fui sabendo tudo sobre ela, ela sabia mais ou menos tudo sobre mim. Eu também sabia tudo sobre o marido dela, uma pessoa da qual me sentia muito próximo, ainda que nunca o tivesse visto. Ela sabia tudo sobre uma Ida imaginária, que era, na vida real, quase o oposto do que ela acreditava ser. E por isso a gente se entendia, e de resto era sexo o que mais importava, pois nunca se falava de amanhã, as meninas iam crescendo, iam criando seus caprichos e pequenas e grandes necessidades, e Cecília sempre tirava de letra, levando em banho-maria a vida doméstica e as noites e os fins de semana com o marido, até que ele se tornasse ex.

Eu então gelei, acreditando que Cecília viria para o meu lado com tudo, esperando que eu fizesse o mesmo, coisa que não fiz. De mentira em mentira (e ainda não havia o pássaro para comer as mentiras e cuspir verdades), continuei tocando a história sem prometer nada, e só de vez em quando aparecia na casa dela, naquele distante condomínio encastelado, e conseguia tempo suficiente para matarmos a vontade, se possível sem dizer quase nada. As meninas não sabiam quem eu era, mas foram se acostumando. Ao crescerem mais um pouco, tudo ficou mais difícil, e elas não paravam de perguntar sobre aquele homem simpático que aparecia do nada e era até engraçado ao contar algumas piadas na sala de visitas e na cozinha, antes de todo mundo ir dormir. Ou pelo menos era assim na maior parte dos dias cada vez mais escassos em que eu aparecia. Até que deixei de aparecer, e Cecília já estava com outras pessoas quando sumi, uma delas, durante um curto espaço de tempo, tinha sido uma mulher, de cuja existência eu já desconfiava. Vinha dos lados de uma Cecília desconhecida.

Já era muito tarde, e minha barriga reclamava que eu não havia comido nada, e eu disse isso ao médico de copo na mão, refastelado no sofá. A garrafa de uísque estava dois quartos mais vazia. Sun-to-ry. O doutor Shiro se levantou e estava bêbado, mas não deu o braço a torcer, e conseguiu chegar à cozinha, de onde se ouviu um grande barulho de panelas saindo dos armários. Parei na porta e fiquei observando. Olhei para o relógio da parede e conferi: meia-noite em ponto. O médico disse que seria o macarrão da meia-noite. E se pôs a cozinhar. Resolvi contribuir, e ficamos os dois preparando o macarrão da meia-noite. Melhor simplificar, disse o doutor Shiro. Enquanto o espaguete cozinhava, ele separou o azeite e cortou o alho e o tomate. Simples assim. Cortar o alho em lâminas, as mais finas.

Aquela era mesmo uma noite de lembranças. Outra delas apareceu, no corpo miúdo e na juventude de Tânia, sentada à mesa de fórmica da cozinha do meu velho apartamento, que não tinha quase nada. Era noite alta, e nós também estávamos com fome. Ainda que não bebêssemos, havia uma garrafa de conhaque parada sobre a mesa, e nossos copos já estavam vazios. Ela amparava a cabeça para não cair, e olhava para mim com os olhos sonolentos, os olhos puxados de uma garota que fosse também uma índia, o límpido rosto indígena que aparecera na capa de uma revista *Realidade* da qual eu sempre me lembrava. Foi aí que resolvi fazer um espaguete para ela, e descobri que possuía todos os ingredientes, havia até uma lata de molho de tomate. Era o que eu tinha: dois dentes de alho, o molho de tomate, um resto de azeite numa lata. E foi assim que saiu o espaguete daquela noite, e já era noite alta.

Muito mais tarde fomos dormir, e conseguimos transar um pouco antes de ela fechar os olhos e apagar, e de manhã lá estava ela de costas nuas, coberta pelo lençol e pela cortina dos seus cabelos pretos, cortina que abri para ver se ela ainda estava respirando. E antes que ela acordasse, fui até a janela da sala, que de certa forma era panorâmica, e fiquei vendo as folhas da paineira em frente se movendo à menor brisa, e o sol entrando devagar, num único raio hesitante. Lá embaixo, lobinhos e fadinhas entravam barulhentos no ônibus estacionado em frente à sinagoga, a banca de jornais que só vendia revistas antigas já se abria para o jogo do bicho, e um passante muito calmo, banhado de sol, dobrava a esquina brilhante.

A partir daquela manhã de sábado, Tânia ficaria por alguns anos. Depois, foi embora para a Alemanha com uma bolsa de estudos. Eu a levei para o aeroporto, voltei para casa e me atirei no chão, chorando.

Eu me lembro de Tânia no Rio de Janeiro, de quanto gostava de vê-la na praia que era a praia de Belela, segundo a mulher que nos hospedava num apartamento do Leme, uma velha militante da ALN, do tempo dos pais de Tânia, uma mulher chamada Mara. Belela era a filha dela, e nesse recorte de praia perto da Urca, a menina costumava brincar. Ficou sendo a praia de Belela. Mara era séria e triste, mas nos deixava à vontade. O apartamento era pequeno, cheio de sol, bem no coração do bairro, exposto a todos os barulhos da vizinhança, de manhãzinha até a noite.

Tinha um papagaio. Pegávamos um ônibus e descíamos na praia. Mara conversava com o papagaio. Ele comia biscoito. Ela também, no café da manhã. Todos comiam.

Visitamos o Pão de Açúcar, e de lá trouxemos um prato com uma fotografia (esse prato foi embora com Tânia). Fomos ao cinema e vimos um filme do Truffaut, "O Homem que amava as muheres", e ela me disse no ouvido: É você. O Barba-Azul.

As tardes que passamos no Rio não tinham fim, o sol não parava de bater nas paredes. À noite, conversávamos com Mara, e ela compensava a sua vida de pessoa sozinha e silenciosa nos dando corda. Quando fomos embora, Mara deu um abraço prolongado em cada um, uma coisa que não esperávamos. Tânia chorou no elevador.

Voamos de volta para casa num Electra cor de prata, de fuselagem reluzente, e tudo isso ficou para trás. Eu nunca mais ouvi falar de Mara, de Belela e tantas outras pessoas.

Em seguida veio Karen, que ficou no lugar de Tânia. Karen também tinha um filho. Por que será? Pareceria um padrão, se a vida fosse tão calculada.

Karen está sentada com os pés em cima da mesa da cozinha. Usa parte de uma fantasia de gorila, a fantasia que achamos no lixo, sem a cabeça. Ela pergunta: Amor? O que é isso? O que é o amor? Quando sei que você estava no meio da rua beijando alguém que não era eu.

Digo que não entendo, que ela devia estar louca, assim, vestida de gorila. Você nem ao menos lavou essa fantasia cheia de pulgas.

Ela está bonita dentro da fantasia.

Karen, e não termino a frase. Ela está bonita com seus cabelos loiros ondulados feito os cabelos de uma mulher do cinema. A mulher que faz compras, eu me lembro. Que usa luvas e um echarpe e conta as notas de franco. Que anda de bicicleta. Que veste as meias de seda no banheiro, de roupão, e o vestido espera pendurado num cabide. Que lê um livro descalça, no meio de uma pilha de livros. Que, no mar, usa um maiô de duas peças listrado. Que lustra os próprios sapatos. Que tem as sobrancelhas perfeitas, traços finos de perplexidade.

Karen, estou apaixonado por outra pessoa. Mas isso passa.

Karen continua vestida de gorila com os pés sobre a mesa. As lágrimas descem pelo seu rosto sem máscara. Queria ter achado a máscara do gorila, ela disse, e tapou os olhos. Fiquei parado no meio da cozinha. Por que fez isso?, ela pergunta. Pensei na fantasia de pelos tristes. Talvez ela quisesse incrementar a relação. Mas chorava, eu não sabia o que fazer quando alguém chorava. Então ela enxugou o rosto no pano de prato que estava à mão. Assoou o nariz e perguntou se era sério. Eu disse que era sério, mas que não iria pra frente porque achava que a mulher da minha vida era ela, Karen.

Então o rosto de Karen mudou, e brotou uma dureza no seu olhar quando ela disse: Termina com ela. Eu engoli em seco e disse: Não dá.

Amor? O que é isso? Grande merda esse amor pela Karen, ela disse, e permaneceu olhando diretamente nos meus olhos, por um tempo insustentável. Seus braços estavam estendidos ao longo do tronco, suas mãos não tinham onde ficar, estavam desprotegidas. Ela falou: Então vai embora, apontando para a porta. E foi o que comecei a fazer, virando as costas devagar. Ela não moveu nem um pelo da fantasia. Suas pernas peludas agora estavam cruzadas sobre a mesa de fórmica, os braços também estavam cruzados. Por alguma razão desesperada, tentei capturar numa fração de segundo toda a atmosfera daquela cozinha, guardar na memória a forma como tudo estava disposto nos armários, tudo que fomos comprar não fazia muito tempo. Foi em câmera lenta. Vi a pequena cafeteira italiana sobre um canto da pia. Só eu tomava café preto naquela casa. A partir de agora a cafeteira estava para sempre desprovida de sentido, e não havia nada mais triste do que um objeto morto por abandono. Ou talvez houvesse uma coisa ainda mais triste: um quase gorila, a última tentativa de graça, o último gesto de humor dessa mulher, a piada do condenado à morte, o riso de alguém que vai morrer.

Fui apanhar as roupas no quarto. Pensava em fazer uma mala rápida, apenas com o necessário. "Só uso o necessário, somente o necessário, o extraordinário é demais", a musiquinha do urso Balu começando a tocar na minha cabeça, e por isso ri no meio do corredor. Assim, rindo, espio no quarto do filho dela, mas só enxergo uma tenda no escuro, feita de lençol, iluminada por uma lanterna. Entro, agacho e peço permissão para enfiar a cabeça no interior da tenda.

Na vitrolinha de criança, um compacto simples vermelho roda tocando uma canção infantil com sons da floresta em volume quase inaudível. Eu conhecia bem aquele disco. Do que você ri?, o menino pergunta. Por que você vive rindo? E eu respondo que é por causa da doença do riso. E que não há cura para a doença do riso. E que eu nunca mais iria parar de rir por causa da doença do riso, e por isso agora estava chorando de rir, porque não havia cura para a doença do riso, e o garoto respondeu que, naquela selva cheia de animais da qual ele estava se escondendo na tenda, quando chegava a noite todos ficavam em silêncio. E assim fez psiu para mim.

A noite era uma coisa muito séria, na qual ninguém ria – nem o gorila nem o Barba-Azul nem o garoto escondido.

Depois do jantar, um pouco menos bêbado, Shiro resolveu me levar para uma volta na vizinhança. Eu também estava um pouco grogue, mas não fomos trançando os pés nem nada, saímos pela porta dos fundos dignamente, abrimos um portão e pisamos num terreno baldio. A noite continuava quente. O macarrão fez bem para a alma, eu disse. Shiro usava a luz do celular. O seu telefone morreu mesmo?, perguntou. Não morreu, ele foi para o paraíso dos celulares, cheio de celulares todos brancos. Não, ele morreu mesmo. Fomos descendo por uma trilha que ia dar na primeira casa vizinha, mas antes Shiro desviou a luz para o que parecia uma pequena capela, branca e baixa, com uma cruz em cima. É uma capelinha, ele disse, e abriu a porta. Era mais um buraco escuro e misterioso. Citei a caverna nos arredores de Florença em que Da Vinci encontrou o fóssil de uma baleia. Mas, a bem da verdade, era uma construção apertada entre um quintal inóspito e outro, construída no passado de forma tosca, tijolos imensos, decorada nas paredes, há muito tempo, por uma alma secreta da vizinhança, um homem rústico e primitivo, eu suspeito, um Giotto de um bairro ainda mais distante. Sem nenhum padre, nos últimos tempos a capela tinha virado um refúgio para Shiro, uma espécie de conexão telúrica com o universo. Em suas paredes dava para ver um santo negro de auréola amarela, uma Nossa Senhora Aparecida numa nuvem cinza, um cordeiro, uma mulher feia de sorriso misterioso, o rosto – Shiro descobre na minha frente – da mulher esvoaçante do seu primeiro sonho do ano. Ele iluminou um ponto em que uma minhoca se torcia no chão de terra batida observada por um besouro (e agora por um médico e um Barba-azul).

Depois saímos, fomos descendo e chegamos aos fundos de uma casa onde havia uma cerca viva. Shiro mediu a altura. Então, sem que eu esperasse, escalou a cerca e caiu do outro lado.

Fiz o mesmo, caindo do outro lado. Vi que a casa estava às escuras. Apenas a piscina permanecia iluminada, azul e translúcida. Shiro sentou num degrau de azulejos e tirou os sapatos. Deixou o telefone ao lado dos sapatos. E sem tirar a roupa, foi para a beira da piscina e mergulhou. Sentei numa cadeira de lona e, perplexo, fiquei assistindo. Depois achei engraçado. Shiro nadou de uma ponta a outra e voltou para o meio, onde ficou boiando. Disse que a água estava quente. Cadê o dono da casa?, perguntei. Está viajando pelo mundo, o jardineiro me contou. Por que você mesmo não tem uma piscina? Eu queria, Cláudia não. Ela queria o filho, você, a piscina. E não teve acordo. Também não tivemos dinheiro. Ah, de falta de dinheiro eu entendo. Aliás, e o seu carro quebrado? Não vai chamar um guincho? Não por enquanto. E também não vou ligar para Ida. Ah. E também não vai pular na água? Não, não estou a fim de me molhar. O pássaro que come mentiras e cospe verdades diz que você não sabe nadar, e ninguém até agora sabia disso. Cavallo também não sabe nadar, e tudo bem.

Shiro boia e olha para a lua. Ela não está nem cheia nem nova, mas um halo branco e luminoso transcende os seus limites. Shiro mergulha mais uma vez, nada de um ponto a outro e, por fim, agarra-se à borda, sai ensopado em sua roupa branca e agora um pouco transparente, e vai se esticar numa outra cadeira de praia. Ficamos em silêncio. Fecho os olhos por um instante. Os insetos cantam ou se arrastam pela grama. Uma máquina biruta gira para cá e para lá e esparge a água das mangueiras para molhar o jardim. Só aí despertamos de verdade. Dois morcegos passeiam ao redor por alguns segundos, em velocidade supersônica.

Voltamos para casa, Shiro encharcado, levando os sapatos na mão. A questão para Shiro, ele resmunga isso um pouco no caminho de volta, é descobrir por que Cláudia teria partido. A pergunta era essa: por que ela foi embora, na sua opinião? E eu não tinha nada a dizer, primeiro dei de ombros, depois vi que precisava responder alguma coisa. Os japoneses têm pau pequeno, eu disse de brincadeira. Então um pau pequeno é uma dificuldade. Eu acho que tem a ver com essa reputação. Vai ver que ela foi embora por causa disso, chega uma hora em que deve pesar o tamanho de um pênis, e Shiro me mandou à merda, estávamos entrando na sala de visitas e ele parou diante de um abajur que projetava sua sombra na parede, arrepiando ainda mais os cabelos da sombra, expandindo suas dimensões à medida que ia mais para a frente da luz, e disse, os sapatos na mão, depois de um breve silêncio: Vá se foder. E eu ri, afundando numa poltrona. Shiro foi trocar de roupa, e voltou vestindo um roupão. Parando um instante na minha frente, abriu o roupão. Perguntou: você acha mesmo que é pequeno? E eu examinei rapidamente o pênis do meu amigo, dando meu veredito: não, é normal. Não é normal? Não, é normal.

Era um pênis escuro, circuncisado. E antes que perguntasse qualquer coisa, Shiro respondeu: Operei, eu tinha 12 anos. Se ainda tivesse o prepúcio talvez parecesse maior. Os homens não ficam maiores por causa de uma gola olímpica, eu disse. Pode ser. Mas não é pequeno, como você vê. O meu talvez seja menor, pensei. Ele finalmente fechou o roupão e foi deitar no sofá. Ficou de mãos trançadas na nunca, observando o lustre. Depois levantou e foi acender a lareira.

Ah, você tem uma lareira, não tinha reparado na lareira. Uma vez vi, por acaso, um encontro de limpadores de chaminé na Itália. Eles vestiam preto e carregavam vassouras de todos os tipos, inclusive as mais compridas. Shiro fez o fogo e disse: Era o aquecimento de Cláudia. Ela adorava acender a lareira e ficar prostrada diante do fogo por horas a fio, enquanto o resto do mundo continuava gelado. Ela era capaz de ouvir você durante horas, mas não gostava de falar quando estava diante do fogo. O fogo despertava nela um mundo primitivo, ainda sem palavras. Se estivesse numa fogueira, ficaria hipnotizada pelas fagulhas que sobem para o céu, na direção das galáxias.

Esta foi a penúltima lembrança de Cláudia naquela noite. De volta ao sofá, de repente Shiro estava dormindo.

Abri a porta de entrada e saí para o jardim. Agora as formas pareciam um pouco mais claras. Olhei para trás e dei adeus ao doutor Shiro. Já estava pisando nas pedrinhas do caminho quando ouvi um uivo vindo de dentro da casa. Voltei e olhei pela janela: Shiro estava de bruços no sofá, e chorava.

Na dúvida entre voltar e consolar o amigo e expô-lo ao ridículo, achei melhor esperar que a coisa melhorasse. Os soluços foram baixando de tom, as costas do roupão foram se movendo cada vez menos, até que tudo silenciou. E com a cabeça escondida entre as mangas brancas do roupão felpudo, Shiro voltou a dormir.

Em vez de chamar um táxi, resolvi voltar para casa a pé. Seria uma longa caminhada, eu morava muito depois da ponte. Mas estava disposto a evaporar o álcool e pensar. Passava das três horas: cigarras, vaga-lumes e céu estrelado.

A cidade dormia em seus quatro cantos, de norte a sul, de leste a oeste, antes e depois da ponte.

Vou margeando o caminho, e às vezes, nos declives, acelero o passo, o que me faz lembrar de uma canção da infância, de um amor de infância ainda mais antigo do que todos os outros.

Henrique 8º usava paletó
Henrique 8º usava paletó
Paletó paletó
Henrique 8º usava paletó

Tudo cantado enquanto se caminha a passos rápidos, para a frente e para trás. As esposas mortas de Henrique 8º (que usava paletó) me fazem pensar em meu destino de barba-azul. E fui cantando mentalmente até que, logo depois de uma curva, encontrei meu carro quebrado, tão branco e tão solitário, à margem da via. Passei por ele olhando com certa curiosidade para o interior, como se não fosse o dono do veículo, mas apenas um passante do meio da noite que tivesse um grande entendimento dos espíritos de carros quebrados retornando para casa. Eu e todos os meus segredos de Barba-Azul, Landru, Verdoux, também de volta para casa.

E muito depois da ponte, quase amanhecendo, na boca da aurora, apenas um cachorro solitário apareceu, saído de um terreno baldio, sorrindo com o rabo, livre para farejar o que lhe desse na veneta. Não se sabe nada sobre ele, pensei. Sobre ele e sobre mim.

Já estava andando há tanto tempo e tão rápido que começava a flutuar. Ao som do mantra infantil repetido mil vezes pelo caminho deserto, para espantar os espíritos.

O DEMÔNIO DO FIM DE SEMANA

Mariposas monstruosas coladas num globo de luz, a lua cheia amarela, uma criança cochichando no ouvido da mãe em meio à multidão, a aborígene com um bebê branco no colo, uma cidade empoeirada e escura, tráfego e fantasmas, o salto suspenso do homem de sunga em um tanque vermelho no deserto, uma libélula aprisionada em uma teia translúcida, banhistas diante do céu e do mar subitamente escurecidos, a cacatua branca morta no asfalto, a criança no milharal observando a própria alma, um demônio na atmosfera eletrificada de uma tempestade, cinzas das vítimas de uma explosão atômica coladas na parede recém-pintada de cal, um ectoplasma de passagem num shopping center, um carro coberto por uma lona branca, entre palmeiras, contra um fundo de floresta negra, o menino de bruços no chão da sala escura, diante do tubo iluminado da televisão, o esquilo voador saltando para agarrar os galhos de uma árvore noturna, cavalos brigando, dois pretos e um branco, olhos saltando das órbitas e dentes arreganhados, morcegos de asas transparentes em voo livre contra um céu sépia, a carcaça irreconhecível de um animal morto numa cova aberta, chuva ácida, a mulher grávida nua embaixo d'água, criaturas das profundezas marinhas, águas-vivas luminescentes, um ser nascendo entre plantas aquáticas, o líquido amniótico borrando a água esverdeada, o sonambúlico povo das árvores, cujo cão passou a noite inteira roendo um fêmur e agora dorme, o fantasma à espreita no bosque escuro, espectro familiar, um homem chamado Cavallo, par de botas marrons curtidas confortáveis, antigos tênis sujos, às vezes uma sandália fransciscana, tudo que ele usa, camisas azul-marinho amarrotadas, também as brancas, tudo mastigado pela vaca, calças escuras largas de algodão, homem que trabalha onde lhe dão trabalho, fotografa objetos, lugares e pessoas, já passou por um jornal, fez a foto de uma reunião de ministério com um copo d'água em primeiro plano e essa foto foi parar na primeira página porque se tratava de modernizar a cobertura de política, "O ministério do copo d'água" foi como ficou conhecida, mas isso faz tempo, as melhores fotografias são da família, em preto e branco, a mulher de olhos muito claros que amamenta, crianças brincando com vaga-lumes, painas caindo na cabeça da mulher que desvia o olhar para cima com todo cuidado, sorrindo, a família numa praia cinzenta, o menino e a menina segurando uma vela cada um, no entardecer, dormindo amontoados num carro velho, "dirigindo" o automóvel no colo da mãe, correndo para todo lado numa incrível dispersão que inclui o cachorro e a mulher, uma mangueira desembestada no jardim espargindo água feliz para todo lado, adultos tristes na cozinha durante a visita de um parente que está de mudança para longe, os dias contados por uma doença secreta que já estava exposta naquela fotografia e na qual ninguém tinha reparado, e depois de alguns anos tudo vira a bagunça de uma vida inteira guardada em preto e branco numa caixa de negativos, e depois o tempo encolhe, e todos desaparecem dentro da caixa, Ed, Edna, o lindo nariz comprido de Ed, as crianças e os mortos.

Cavallo é aquele velho ali – velho desde criança –, que pedala num imenso estacionamento vazio nas primeiras horas da manhã do dia primeiro de janeiro de um ano passado. Pedala sem as mãos. Sua cara é um horror. O sol está levantando devagar, sem pressa, porque é ano-novo, vida nova. O céu está azul pálido em algumas clareiras de nuvens cinzas, cansadas da noite, e uma aragem fresca sopra pela vastidão do lugar, sem fazer a curva. Bem lá no fundo, atrás dele, há uma roda-gigante imóvel, o que às vezes dá a impressão de que ele está num parque da Disneylândia. Pedala sem as mãos, agora sem os dentes igual à velha piada do garoto que se exibe para a mãe, mas ele é velho e daqui a pouco não terá mais dentes, por enquanto ele só tenta se equilibrar sobre a bicicleta neste ano-novo que começa com essa pessoa sozinha, esse velho careca pedalando sem as mãos na leve atmosfera azulada desta primeira manhã do ano tal, um divertimento inocente, uma cena de Butch Cassidy, o carteiro de Jacques Tati fazendo a curva com um braço estendido. Parece que está feliz, se isso fosse possível na alma atormentada de um cara tão chato, e nada aconteceu ainda, tudo está por acontecer, não sabe onde estão as outras pessoas, a família, não tem ideia de onde foram parar, se esperam por ele, se estão dormindo, se estão todos dormindo, parece até a Disneylândia, parece que tudo fica para trás quando se entra num novo ano, o primeiro dia de um novo ano, ele é a única pessoa deste mundo que ainda envia cartões postais, escreve neles frases elípticas, nunca se sabe se ele está gostando ou não, se está lembrando de verdade da pessoa que recebe incrédula o cartão pois o ano mal começou e é melhor olhar para a frente, não para trás, para o cartão escrito com uma letra horrorosa, o garrancho de alguém que não se importa, mas deu notícias, afinal, e foi para você, feliz ano-novo.

A família é pobre, mas não maltrapilha, o carro é velho, às vezes melhor, às vezes pior, dívidas, nenhuma doença, dois partos, os brinquedos favoritos das crianças sendo um sapato velho do garoto, uma boneca destruída da garota (depois só a cabeça num corpo sem um braço e uma perna, um vestidinho), também jogavam xadrez num tabuleiro portátil do pai, quando eles dormiam, dormiam mesmo, apagados de tanto que viviam ligados, Cavallo e Ed aproveitam para conversar, estão exaustos, Cavallo pouco fala, mas é assim o tempo todo, Cavallo não fala, fuma na cozinha, ela prepara um café, a cozinha é a casa dentro da casa, ela pede para ele ser feliz, o que o irrita profundamente, ela muda de assunto, tudo se assenta graças ao sono que o café começa a despertar, a mão dela sobre a dele e a conversa que não tem fim, um monólogo familiar cuja música noturna adormece todas as criaturas selvagens e que o deixa feliz, até, esse tipo de felicidade que a gente sabe que vai acabar, junto com a noite.

O tique-taque do relógio faz a menina dormir. O irmão fica acordado, pensando, antevendo pesadelos circulares, dos quais nunca consegue se libertar, por isso pula para a cama do pai, que repele suas pernas esticadas e seus braços e sua respiração pesada conforme a noite avança, e depois acordam ambos exaustos. O tique-taque faz a menina dormir, vem de um relógio que tem o corpo de um objeto animado da Disney. Cavallo tira fotografias das crianças e seus objetos e vestígios, a craterinha deixada na cama em que ela dormiu, o cobertor velho que ela abraça, o relógio tique-taque, o pinguim de pelúcia chamado Hóspede e o robô do garoto, que está quebrado, os Legos que facilitam a sua difícil concentração, a chaleira que eles adoram pois assobia quando a água está fervendo, e até a fumaça do café que ele prepara e eles adoram cheirar, o ar perfumado de manhã na casa dele que é a outra casa que eles possuem e eles sabem muito bem, fora essa a conversa quando ele se separou da mãe deles, duas casas, olha que bom. Olha que bom vindo dele é um verdadeiro elogio, e ele escreve coisas nas margens das polaroides: para o Kiko, para a Mari, como lembrança de tal viagem ou tal passeio no parque, a caneta hidrocor deixa manchado o seu garrancho, mas afinal as fotos vão desbotando com o tempo e o mesmo acontece com o que estava escrito, "Para o Kiko e para a Mari, uma lembrança do seu pai".

Nós, os amigos, dissemos: Você era um fotógrafo nato, não saía do laboratório da faculdade, tinha a cor de um fotógrafo à espera dos negativos secando no escuro, você não saía de lá, e quando saía a luz do sol machucava seu olho de fotógrafo, seu cine-olho, o problema é que você não possuía uma máquina, então precisou emprestar de alguém, uma veterana boazinha, ela simplesmente se viu na obrigação de emprestar a você, pois ela era rica, e você só devolveu a máquina quando conseguiu comprar a sua própria sabe-se lá como, não estávamos por perto, éramos aqueles trotskistas brancaleone, pode ser que você tenha desapropriado alguém, vai saber, você sempre foi uma pessoa linha-dura, distribuindo broncas e sentimentos de culpa por aí. Era alemã? Uma Hasselblad? Uma Canon minúscula? Uma Leica? Duvidávam, mas também não entendíamos nada do assunto, o certo é que você expropriava os filmes em preto e branco do laboratório e o professor não dizia nada, até incentivava a expropriação, desde que você mostrasse resultados imediatos, e aí você saía fotografando dentes-de-leão, manifestações, meninas bonitas, caras de cabelo estranho, cabeleiras black power, o pipoqueiro da escola que diziam ser dedo-duro, mas tenho certeza de que não passava de um pipoqueiro regular que vendia fiado para as garotas, e você não se importava em meter a mão dentro do carrinho e sair mastigando umas pipocas que ele não havia lhe dado, uma troca justa pelo retrato que ele nunca viu, saído de uma câmera portátil que você manejava de um jeito tão natural que parecia um cine-olho.

Kiko dorme nos braços de Ed, estão num carro alugado, pararam no meio da estrada, a caminho de Sete Quedas. Kiko dorme de olhos entreabertos. Pouco antes estava brincando com as pedrinhas do acostamento. Ninguém passa pela estrada de terra vermelha, quem passa levanta uma nuvem de poeira, com a qual os meninos se divertem até que chegue até eles e os encubra. Ed está cansada, ficou dentro do carro. Kiko é parte da terra com sua calça de veludo cor de vinho, com remendos no joelho, e sua camiseta vermelha. Por um momento, esteve dançando, tocava música no rádio. Cavallo foi urinar no tronco de uma árvore. Aproveitou para escrever alguma coisa nele, com seu canivete. Mari esteve aqui. Sem saber disso, a garota cansou da brincadeira e entrou no carro. Ficou lendo um livro infantil no banco de trás, sobre um papagaio chamado Pierre, e Kiko apagou no colo da mãe no banco da frente. Tudo isso não demorou muito para acontecer, e Cavallo voltou guardando o canivete, depois de deixar todos os nomes da família escritos no tronco, menos o do cão ausente. Ainda devem estar lá. Todos estiveram aqui.

Da Holanda, Cavallo mandou para Kiko um postal com o pintassilgo acorrentado de Carel Fabritius. Kiko o guardou numa lata de biscoitos na companhia de outros seres voadores (um carimbo com um pardal, um recorte de revista com um falcão peregrino encastelado num prédio da cidade, um apito imitando o canto de um sabiá, um super-herói vestido de gavião). Antes, passou meses hipnotizado pela figura do pintassilgo.

Cavallo escreve à máquina. Nos sonhos de Kiko, o ruído incessante das teclas lembra a chuva batendo no telhado.

Às vezes é mesmo a chuva.

Eles estão na cabana, e faz frio. Ali sempre faz frio.

Cavallo move sua cadeira para ficar ao sol. Na cabana da montanha, é um claro sinal de felicidade. Mais velho, mais chato, sua câmera fotográfica é cada vez menor, ele a perde muitas vezes durante o dia, menos na cabana, onde não há muito espaço para se perder o que quer que seja.

Ele deixa os dois vendo televisão. É um desenho, eles estão quietos. O desenho só faz barulho. A silhueta deles sentados em frente à tela prateada é uma foto em branco e preto, semelhante a um retrato que aparece acima, na parede, a fotografia de um parente distante, um avô italiano que não tinha nenhum dinheiro e só deixou essa imagem, na qual aparece sorridente, numa montanha, com uma mochila nas costas e um chapéu de penacho. O otimismo da foto protege as crianças que estão embaixo.

Ele diz que o filho só vê o pior no mundo, mas é ele, o pai, quem não tem muita paciência com os acontecimentos. Kiko ouve em silêncio, está tão prostrado que não consegue prestar muita atenção. Olha para o lado escuro dentro dele mesmo, sua alma triste se movimenta num espaço apertado e não consegue olhar para fora da prisão de si mesmo, só se machuca nas paredes. Então o pai lhe dá uma polaroide com algo rabiscado em hidrocor na margem e alguns cortes grosseiros feitos no estilete. Nela, está escrito: "Para o Kiko, lembrando nossa viagem a Sete Quedas, 1987".

Do interior viam-se as montanhas em preto e branco. O vento transportava o frio congelante, as montanhas estavam azuis, uma delas tinha uma escarpa marrom impermeável. Está escuro dentro da cabana, a lareira funciona, Kiko lá fora conversa com o panorama visto do alto, no dia de Ano-novo de 2001. Quando a foto foi revelada, Cavallo a feriu com o estilete. Seja feliz, escreveu.

Lobo morava numa casinha à sombra da árvore. Ele latia para o menino que subia na casa da árvore. Não uivava, nem em noites de lua amarela. O guarda-noturno passava assobiando na rua na frente das casas que tinham uma plaqueta com a figura de um pastor alemão, e por isso Mari achava que todo mundo queria ter um Lobo. Ele era um pastor-alemão, não um capa preta, mas um pastor como os outros.

Um dia o cão amanheceu morto. Tinha comido uma bolinha de carne preparada com vidro moído. Na certa tinha sido o vizinho, incomodado com os latidos, o cão latia sempre que ele estava por perto. Os meninos enterraram o Lobo no jardim. Cavallo sempre pareceu indiferente ao amor que o cão lhe devotava. Não dava muita bola. Mas no dia da morte de Lobo não tirou os olhos da casa vizinha, toda fechada, enquanto cavava o jardim. Não gostava do cão até o dia em que ele morreu. Tudo morre, pode ser que ele goste de tudo depois de morto.

A foto de Ed enquanto amamenta. Os halos escuros, ela olha direto para a câmera, os olhos claros faíscam. Ao lado, dois gatos vadios à espera do leite.

O menino foi tocar o ninho e caiu da árvore, deixando um tremor no lugar.

O menino caiu do cavalo num sítio, de costas no chão não conseguia se mexer, o cavalo o lambeu, só depois de muito esforço ele agarrou a crina e ficou em pé, e passo a passo, olhando para trás a todo instante, deixou que o animal o levasse de volta para casa. Era um cavalo baio que um dia apareceu rígido, suando em bicas, picado por uma cobra, os olhos pretos sem brilho mirando o garoto.

A menininha desapareceu, mas não de verdade, estava hipnotizada por dois besouros um em cima do outro, de um verde-metálico, dois fuscas sobrepostos, o que estariam fazendo de tão confortável?, e havia um lençol secando no varal atrás dela, a cena toda era tão muda que não houve jeito de encontrar a menina, era a época do Lobo, Ed saiu apavorada pela vizinhança, Kiko não sabia onde procurar, e de repente Ed voltou e sacudiu Kiko pelos ombros e eles ouviram a risadinha de elfo atrás do lençol, que agora esvoaçava revelando a menina no momento em que o casal de besouros dispersava, cansado de todo aquele amor de insetos, a vida era ainda mais curta para eles.

Quebrando o gesso, a casa na árvore, o ninho do pássaro, a queda, a assinatura de toda família incluindo a pata do Lobo e uma garota da escola que nunca deu em nada mas ficou na cabeça, o cesto de lixo da enfermaria.

Alguns anos depois, quando já não moravam mais ali, Cavallo pegou as crianças e foi dar uma volta de carro pela antiga vizinhança. Chegaram à porta da antiga casa, e ela estava no escuro. A luz do vizinho, no entanto, ficara acesa. Assim que deram a partida para ir embora, um cão branco atravessou na frente do carro e ele freou. Viram o vulto entrar no vizinho, cavar e ganir e depois entrar na casa ao lado, pulando o muro e se agachando embaixo da árvore que ainda estava lá, toda podada. Os meninos disseram que era o fantasma do Lobo, mas o vizinho apareceu e chamou o cachorro com um assobio que aprumou suas orelhas. O cão branco foi voando até ele. Cavallo e as crianças chegaram em casa tarde, era noite de domingo, e não há tristeza maior.

Disse um amigo nosso: Encontramos os dois cartões-postais, o do pintassilgo e o de Sete Quedas, dobrados e amassados dentro de uma lata de biscoitos enferrujada, no quarto da cabana. Eu e minha mulher ficamos lá durante um Ano-novo em que sobramos. Cavallo apertou a grande chave da cabana na minha mão, a chave também enferrujada, com uma fita vermelha presa, parecia a de um castelo abandonado, mas só abria aquela cabana da montanha que ele conseguira comprar depois de tantos anos de aluguel, a proprietária era uma figura estranha, quase tão estranha quanto ele, fumando como uma chaminé, pele macilenta quando estava para morrer, e só então concordou com a venda. Era uma velha de franja escura, encarquilhada, encolhendo para o interior do corpo. E morreu. Cavallo não precisou insistir comigo, fomos eu e minha mulher passar o réveillon de um ano ruim naquela desolação, e lá, dentro da lata de biscoitos enferrujada, na qual feri minha mão, achamos os dois postais e outras fotografias envelhecidas, uma carta, inclusive, em papel de seda azul, quase impossível de se ler, só se fôssemos adivinhos. Eu disse que ia pegar tétano e morrer, e minha mulher respondeu deixa disso, seja feliz, estava perto do meu aniversário e fazia muito calor, não consegui dormir à noite, saí à procura dos lobos, conforme contei a ela de manhã. O outro dia foi melhor, a cabana nos acolheu em toda a sua dureza. No centro da sala de visitas, uma zona, a base de um tronco serrado fazia o papel de mesa.

A colcha sobre a cama tinha desenhos bonitos, figuras geométricas e homenzinhos primitivos. As cores, vinho e vermelho, azul-escuro e marrom-café, laranja e violeta, verde-musgo. Depois soubemos que eram desenhos de Ed transformados numa colcha de retalhos da cabana. Havia uma foto dela guardada na lata de biscoitos, um rosto de olhos claros dividido entre o sol e a sombra. Em outra, o corpo cortado, o braço perseguia um menino. Esse menino de franja escura era Kiko. Estavam na praia. Ela, sempre na sombra, era muito bonita.

O único moinho encontrado por Cavallo em Amsterdã estava imóvel. Os bondes eram estreitos em 1994, para desviar das bicicletas, o enxame de bicicletas por toda parte, enferrujadas na estação, juntas feito uma coroa de espinhos. Um bêbado caiu no canal e saiu andando com a roupa encharcada como se nada tivesse acontecido. Cavallo andava numa bicicleta de moças. Subia cinco lances de escada para chegar ao apartamento. Não havia móveis nem música, tudo era espartano. Alguém, uma amiga, contou que o príncipe fora visto comprando iogurte a bordo de uma bicicleta enferrujada. Esse era o espírito.

De dentro da casa de praia se via a linha do mar. Ed estava grávida. Cavallo não gosta de praia, prefere a montanha. Viajaram muito mais para a montanha, mas Ed insistiu no calor do sol e disse que os raios gama fariam bem para o bebê, também o sal do mar, a água, nosso ambiente natural, boiando no líquido amniótico. Das janelas se via o mar, e o vento transportava a luz. Seja feliz, ela escreveu na margem dessa fotografia. Estava grávida de Kiko, 1981.

2012 foi um ano ruim, finalmente chegou o ano-novo. Não poderia ter sido pior, o ano-novo que chegasse rápido e que se desse adeus ao ano velho. Para Cavallo, um desastre. Não tinha dinheiro, se sentia miserável. Foi ao quarto dos meninos, eles ainda estavam por perto. Entre as pessoas que dormem de olhos entreabertos, há o filho. Ele também está numa polaroide ao lado da irmã. De olhos abertos, nem se nota: ele tem os pés firmemente plantados nas nuvens.

Antes, sabíamos que o Demônio do Fim de Semana era uma criatura que atacava as crianças quando estava de saco cheio depois de um monte de atividades insanas ou que ele julgasse insanas, e dentro do seu carro velho as crianças estão gritando e brigando e fazendo o diabo, logo se justifica esse grito que nos faz calar instantaneamente e não deixa que a gente abra a boca nunca mais, pois o Demônio do Fim de Semana é uma criatura que recebe outra ainda mais poderosa com cheiro de enxofre, rabo mutilado e cascos e um bafo capaz de atemorizar um monstro, que é o que ele é, e portanto o sábado está perdido e o domingo naufragado numa substância envenenada, um mar de plástico que nos afoga assim que a noite chega, e ela é escura e nós crianças temos que dormir ou, pior, dormir no caminho na casa da mamãe, sabendo muito bem que ele em 30 segundos vai pedir perdão e fazer uma graça qualquer ao volante que não nos impressionará em nada e estará terminada a aventura do carro velho, e eu achei que ia mesmo sobrar um cascudo no meu irmão idiota, era o que parecia quando ele freou e se virou na forma de uma besta apocalíptica gritando que era melhor eles calarem a boca antes que fosse tarde, mas veja bem, já era, e a porrada passou raspando no ar, e muito depois ele disse que não queria fazer isso e que nós, nossa algazarra de crianças, os problemas todos, tudo forçou a um desenlace desastroso, e ele repete essa história mesmo que a gente tenha crescido, muitos anos além, a bofetada que de fato não existiu, perdoem o Demônio do Fim de Semana.

Ele disse que a gente vai para a Itália, mas a gente nunca sabe o que ele vai fazer. Talvez não vá, e mude de ideia, indo para o lado contrário, que seria o quê, Ásia? Oceania? Nova York? Dito isso, acho que devemos voltar para lá agora, ele deve estar nos esperando, o apartamento é pequeno, qualquer pessoa que saia ele dá pela falta quase imediatamente. Pra falar a verdade, não gosto de ficar balançando meus pés sobre o vazio. Aqui do terraço, caso caia um sapato, a pessoa que o receber na cabeça lá embaixo morrerá instantaneamente. Fico feliz que esteja rindo, você vai ser para sempre o meu irmão sorridente.

Centenas de gaiolas dependuradas sobre uma rua estreita de uma cidade que deve ser Nápoles, só pode ser, note aquela linda bagunça à sombra do Vesúvio. Mas será que não é Pequim?

Cavallo para o carro no acostamento e respira. As crianças estão dormindo no banco traseiro, depois de chorar um rio. A noite está chegando, estão a quilômetros de distância, Ed quis ficar na última cidade, eles brigaram, ele nunca responde, a paisagem, a represa e o cogumelo atômico ficaram para trás, ele precisa desesperadamente voltar.

Das coisas que aconteceram a Ed, a melhor tem a ver com seus desenhos. Ela não parou de desenhar nem nas duas vezes em que ficou grávida. Ela desenhou na própria barriga, diante do espelho. Dentro dela, disse Cavallo, Kiko se mexeu. Cavallo estava sentado na cama, era a primavera de 1981. Ele tinha 24 anos, ela, 21. Era canhota, isso chamou a atenção dele quando a viu pela primeira vez. Era muito bonita, brava, os olhos não se deixavam enganar, a presa amolecia ao ser focada pelo intenso clarão do seu olhar. Com o tempo ela aprendeu a ouvir com os olhos antes de olhar, o que só piorava as coisas. É o que se pode chamar de foco, ou mira. Talvez, em seguida, desse uma grande risada.

Um pracinha aparece em um sonho de Kiko. Usa um capote verde e uma touca debaixo do capacete. É inverno. Aponta para o monte, onde há um castelo. Guarda um pássaro entre as mãos enluvadas cheias de buracos. Tem neve até as canelas, mas parece se divertir com isso, ou é o efeito do pássaro, um pintassilgo cujo calor e vida ele sente entre os dedos enquanto se move sem sair do lugar por causa do frio.

Pai e filho adulto juntos, o rapaz está sentado, o homem põe a mão em seu ombro, eles não conversam muito, estão cansados de falar, e não só entre eles, o garoto costuma ver o pior em tudo e parece mais velho do que é. Fora da janela do apartamento a noite continua, está quente. Dentro também está quente, o garoto fuma, espreme os olhos para enxergar alguma coisa, assim como o pai, dois míopes tateando a noite, fotografando fora de foco. Ele está cabeludo, o pai lhe diz para cortar o cabelo, ele suspira. Estão ouvindo uma música quase inaudível que sai de uma vitrolinha cor de criança. O disco chia. Era o que ele costumava ouvir com a irmã no quarto que os dois dividiam.

O pássaro corre de um jeito engraçado pela praia, é um maçarico. A criança-ornitólogo persegue o maçarico. O pássaro está muito ocupado e dispara, uma onda faz os dois recuarem, para depois retomar o ritmo veloz. No meio do caminho os siris se escondem. Não sendo pássaros, não interessam ao garoto. Só o maçarico.

O bolo-rei que os portugueses comem da noite de Ano-novo até o Dia de Reis costumava esconder um pequeno brinde de metal no seu interior. Carrinhos, elefantes-cadeado, capacete de policial, cegonhas, espadas, galos de barcelos, leões, tesouras, cowboys, bicicletas antigas de roda-gigante, bules, jarros, calhambeques, delfins e andorinhas. Bolo-rei sem brinde e sem fava não era bolo-rei. Mas aí alguém se engasgou e morreu, uma figura importante, e então nunca mais houve bolo-rei à moda antiga. Um dia vamos provar um (história contada aos meninos; em seguida, ele foi para a janela e ficou estudando a noite enquanto fumava. Nesse tempo ainda fumava. Eles esperaram, mas acabaram dormindo. Era esse o plano).

Mais pássaros, revoadas, uma algazarra numa árvore de manhã bem cedo, um voo sombrio de andorinhas durante um crepúsculo na vizinhança, a família toda em casa, os Cavallo no quintal, Lobo, o pai de calção grande, listrado e cômico, só assim a lembrança aparece colorida; no geral, o que vem dessa época chega em preto e branco.

Disse um amigo nosso: Eu e minha mulher vimos um vetor de pássaros migratórios no céu de Los Angeles. Vários fatores menores, detalhes e coincidências, fizeram com que gostássemos de lá, entre os nós e os trevos das autopistas. Lembrei de dois cartões, o do pintassilgo e o outro com Sete Quedas, pássaro e viagem. Ambos estavam na cabana na qual passamos o Ano-novo. Quem nesse mundo ainda envia postais?

Um tronco serrado fazia o papel de mesa de centro. Em cima, uma toalhinha da cidade, na qual estava escrito o nome dela. Mas não havia cidade nenhuma num raio de não sei quantos quilômetros da cabana. Era onde se comprava comida, se tomava um café ou uma cerveja artesanal no largo da matriz, até chegar lá era uma descida tortuosa. Tudo era parte do pacote, e a gente fez isso com tranquilidade quando esteve lá. Aquele tronco-mesa, quem o teria cortado? Era bonito, já não mais a madeira jovem que sobressaíra do corte, é claro. Mas era uma superfície boa de passar a mão, de acompanhar os relevos. Um tronco e tanto, sólido e maduro, onde agora repousava o bule de café, e soprávamos os vapores no ar, era tudo tão frio que a lareira não estava dando conta. O tronco impassível onde apoiamos os pés para evitar o frio. Os pés no ar, firmemente plantados no tronco. De repente, a ideia de que Ed tivesse cortado aquilo, e aquilo tinha durado mais do que o seu casamento. Era uma artista. E aí ficamos conversando sobre como ela teria orientado o trabalho, e onde Cavallo conseguira a motosserra, se é que tinha sido ele o lenhador. A cabana estava impregnada de tudo isso, cheirava a madeira e cinzas, amor, desamor e cinzas. O inverno para sempre duro na solidão da montanha. As colchas de Ed, também os cobertores pintados por ela: tudo desbotava, mas ainda aquecia. A grande chave enferrujada.

Nem sinal da velha revista na cabana. O rato roeu. Nela havia uma fotografia tirada por ele.

Disse um amigo nosso: Fui à única exposição de Cavallo, naquela galeria do centro que não existe mais. O vinho era azul, os salgadinhos, horríveis, não tinha muita gente, o dono era nosso amigo. Havia um barulho muito grande do lado de fora.

Cavallo ficou encaramujado num canto, agarrado a um copo, Ed de um lado, Mari de outro e o neto no meio, a família parecia estar curtindo.

Fui falar com ele e ele apertou minha mão e não queria mais soltar, como não era do seu feitio. Achei que estava drogado. Perguntei mesmo baixinho se ele havia fumado ou cheirado e ele só grunhiu. Depois abriu o que se pode considerar com boa vontade um sorriso maroto.

Ninguém disse uma palavra sobre as fotografias, ou disseram coisas protocolares, que não faziam a menor diferença. Mas é sempre assim, eu disse, é o seu destino de artista.

As fotos eram mesmo familiares, a família inteira estava lá, mesmo o filho, ninguém parecia ter morrido.

Havia aquela enorme imagem de besouros trepando, um fusca sobre o outro, segundo Mari-criança (ele deveria ter escrito isso embaixo). O pássaro preso por uma correntinha, dedicado a Kiko, em preto e branco, um canário, não um pintassilgo. A Austrália, os morcegos.

À certa altura da noite, Cavallo se curvou sobre uma bengala, e isso o fez ficar ainda mais velho do que já parecia. Era pose. Cavallo sobe escada.

Uma noite saímos juntos de uma festa que estava no auge e sentamos no meio-fio. A noite estava fresca. Notei que ele trazia um envelope pardo debaixo do braço, que não largava de jeito nenhum. Eram as fotos sobre as quais queria (e não queria) minha opinião.

Ali, sentados no meio-fio, enquanto uma água suja corria sob nossos pés e uma meia-lua de bandeira turca pairava quase invisível no céu, vimos uma a uma as suas imagens da Austrália e da família, e eu não acreditei no que via, e lhe disse isso, são incríveis, e Cavallo fez que não ouviu. Teria ficado vermelho.

Você vê o pior em tudo, meu filho, tenho vergonha de pedir e não farei isso verbalmente, mas seja feliz (escrito à máquina).

Kiko foi um aluno aéreo, ficava sozinho no recreio, um tipo maior o perseguiu, a professora o salvou na hora H. Ele encostou a cabeça no colo dela e chorou. Não era uma questão de piedade ou autopiedade. Logo mais ele estava bem, foi ver o que os outros estavam fazendo. Cavallo contou a ele que apanhava e batia na escola. Disse que o colocaria numa academia de boxe. O garoto não prestava atenção, confundia as bolas, as cores.

Foi apresentado a um ukulelê pensando que fosse um cavaquinho, quis aprender a tocar. Depois de um tempo, ninguém aguentava mais aquela inútil estagnação num único acorde. Cavallo sugeriu que aprendesse contrabaixo. Kiko ficou com esse negócio na cabeça. Algumas coisas eram gravadas na sua memória seletiva. Aos 16 anos, foi apresentado ao instrumento. O homem que queria vendê-lo não o tocava há mais de 20 anos, ninguém sabia que ele tocava, apenas o vulto escuro que lembrava uma pessoa gorda ficava encostado num quarto dos fundos. Então Cavallo entrou em casa com aquele corpo imenso. Acorda, Kiko!

O rapaz era quase da altura do contrabaixo quando começou, e também quando terminou. O contrabaixo ficou ocupando um canto sombrio do quarto, uma pessoa de castigo. O xadrez permaneceu, o rapaz continuou jogando com a irmã e outras pessoas. Era visto no parque, na companhia dos desempregados, o nariz e os olhos de pássaro, de ave de rapina, grudados no tabuleiro. Mas não sabia perder. Nesse caso, virava uma andorinha fúnebre, escondida da chuva em seu ninho. Mais ou menos isso. Tinha uma péssima autoestima.

Morte vida tristeza esperança: vem aí o Ano-novo.

Sem dinheiro, aparentemente sem ligar para isso, a não ser na dureza da necessidade, o rapaz nesses momentos se esconde, não recorre a ninguém, muito menos ao banco, aproveita o fato de que mora sozinho, podendo facilmente ser encontrado alguns dias depois, novo em folha, cheio de pensamentos mágicos.

O primeiro neto de Cavallo tem a ver com ele, é de certa forma uma criança rabugenta que ele adora, mas não diz, apenas ri. Sua primeira viagem ao Nordeste foi pelo nascimento do menino, quando Mari ainda estava feliz. Foram Cavallo, Ed e Kiko, que estava numa onda de felicidade. Kiko ficou debaixo dos coqueiros até o dia em que alguém lhe disse que os acidentes com quedas de cocos eram estatisticamente relevantes. Cavallo riu disso, mas também se afastou dos cocos, só por via das dúvidas. O homem que contou a história era filho de um aviador americano com uma local. Era velho, tinha o cabelo sarará, usava óculos Rayban e camisa havaiana. Cavallo o fotografou em forma de caricatura, e o homem, sem perceber, deixou-se capturar à sombra de um coqueiro.

Durante uma viagem antiga ao Nordeste, o sumiço de Mari. As comunicações eram precárias, não havia telefone onde ela estava. Antes de chegar à praia, de passagem por uma capital, ela e as amigas ligaram para casa. Depois o grupo se dispersou, disseram que ela conheceu um estrangeiro e, apaixonada, foi atrás dele para não se sabia onde. Esse lugar não tinha telefone, só coqueiros e cabanas de pescadores. A falta de notícias demorou alguns dias. Cavallo dizia a Ed para não se preocupar, a menina era assim mesmo, mas Ed chorava quando ninguém estava olhando. Cavallo dizia uma coisa e fazia outra. No terceiro dia do sumiço, começou a andar de um lado para o outro. Em seguida, saiu de casa e cobriu grandes distâncias a pé. Era o que costumava fazer para se acalmar. E a garota na praia, com o estrangeiro. Alguém disse que era sueco. Ela sumiu de mãos dadas com ele, quase sem dinheiro. Aparentemente o sueco também não tinha muito dinheiro. Eles acabaram encontrando uma comunidade de hippies na mata. A comunidade vivia numa palafita. Não havia água embaixo da casa, apenas os bichos.

Mari só queria ficar sozinha na praia. De repente, terminou, o sueco se foi depois de lamentar um pouco em inglês, ela achou muito triste aquilo, mas certa de que os homens pensam diferente, ele não estava a fim de nenhuma conexão, e ela ficou sozinha na praia, um cachorro chegou perto, era preto e triste, ela o afagou como se afaga um sueco quando ele diz que vai embora, e no final das contas é você que está consolando um sujeito que lhe deu um pé na bunda, um homem alto e bobo com um discurso débil, incompreensível e um sorriso final que não colava muito bem na sua barba dourada. Ela ficou ali e sozinha e tratou de arrumar um jeito de ir embora, pegou carona num caminhãozinho que era verde e parecia tossir na areia, e que mesmo soltando fumaça e reclamando chegou ao seu destino, e o homem que o guiava era bem mais honesto que o rapaz comprido que a deixara a ver – ver mesmo – navios.

Notícias de Mari demoram a chegar, e então um dia ela reaparece em casa, um alívio para o pai, a mãe e o irmão e algumas poucas amigas, sem contar o cão, que talvez já não existisse mais.

Longas distâncias, fios emaranhados na monotonia dos postes, pássaros e telegramas nos fios, o sépia do céu vazio de nuvens, ruas desertas e avenidas intermináveis, nunca sabia onde iria parar, às vezes pegava o carro velho e saía em alguma viagem inesperada para lugar algum, e ao cair em si demorava um tempo para descobrir onde estava, precisava parar e ficar quieto numa cama, tremendo, se com sorte arranjasse um hotel, o Cavallo.

Conseguiu dormir, coisa rara àquela altura. Sonhou com a cabana na montanha. Deitado no telhado, contava estrelas cadentes na companhia das crianças. Elas não paravam de cair, as estrelas. Kiko pediu para que não caíssem mais. O pai não sabia o que fazer, ficou paralisado. Mari tranquilzou a família no telhado, mostrou a silhueta da mãe atravessando a lua naquele exato momento. Ou seja, mudou de assunto, e Ed atravessou a lua.

Eles dançam na cozinha e é tão legal que o mundo vira outra coisa nesse momento, tudo ao redor fica parado para assistir, o garoto viu por uma fresta da porta e resolveu parar também para assistir, diz ele que a música vinha do rádio, parecia um jazz americano, ele passou uma parte da vida tentando ouvir essa música outra vez, e o destino a soprou no seu ouvido uma vez dentro de um trem em algum lugar do globo ou no interior de um cinema onde passava um filme antigo em preto e branco, e claro que ele não sabe o nome da música, ao ouvi-la voltou direto para o calor do forno na cozinha numa tarde de sábado em que ela cozinhava e era tão bonita, o cabelo preso com um lenço e as mechas caindo sobre seu rosto afogueado, a luz que emanava dos seus olhos principalmente quando ficava brava, e mamãe era um perigo, e ele, papai, um Cavallo, só que ali um animal domesticado, um bicho dançarino, um asno simpático de fábula, um símio calvo que tudo sabe sobre bailar, tão longe num sábado perdido da sua pré-história, Ed.

Eles dão risada, ele ri!, as pessoas comentam. Foram até a China. Ele passou mal, a viagem fora muito longa, ele dizia aos chineses sorridentes que a Rota da Seda é que havia lhe causado o mal. Ele ri! Com insônia, ele ri. Ed acha que ele está ficando senil, porque nunca foi assim, sorridente e bondoso. Fica sempre junto dele, ele ri por sua causa, para deixá-la feliz, a China está amolecendo a pedra, culpa de Pequim, da superpopulação de bicicletas de Pequim.

Centenas de gaiolas dependuradas sobre uma esquina do *hutong* em Pequim.

A namorada de Kiko precisa de doces. Kiko rouba uma lata de biscoitos num supermercado, entrega a ela e fica assistindo. É bonita mastigando de boca fechada sem tirar os olhos dele. Fumaram maconha e ela ficou louca pelos doces. A maconha faz Kiko mergulhar em profunda letargia. Mas algum gatilho foi disparado. Mari ainda está desaparecida. Kiko não dorme, passa a noite inteira acordado, encolhido num canto, o olhar apagado, tem medo de que ela não volte. O medo se transforma em pavor. Na manhã do dia seguinte, exausta depois de não dormir e vomitar a noite inteira e também amparar a cabeça de Kiko, a namorada liga para Cavallo.

Os dentes de Rembrandt arruinados pelo açúcar do Brasil, escurecidos no autorretrato visto em Amsterdã, Cavallo acabaria fazendo o seu na velhice, uma fotografia em preto e branco tirada do alto, de cima para baixo num único clique, capturando a árida paisagem da sua cabeça careca, solo de um planeta desconhecido. Morte vida tristeza esperança, os dentes de Cavallo também eram ruins, os dentes de Kiko, não. Progresso.

Ele e a menina jogam xadrez no tabuleiro roubado do pai dele. Nunca têm dinheiro, não brigam, ficam no apartamento que ela divide com uma amiga, não têm a menor noção do tempo. Chega um ano-novo, por exemplo, e depois fica velho.

Uma garota de cabelos embaraçados feito um ninho veio até ele. Estava descalça e sorria, mas não para ele. Pássaros cantavam ao redor, o sol estava se pondo em algum lugar, só a lua era vista no céu, uma meia-lua, a casa estava cheia de gente, era um casarão colonial, um casal namorava na rede, ela estava nua, ele usava uma camisa de mangas bufantes e o cabelo parecia uma peruca mal-colocada, ele guardou aquilo para si mesmo, talvez risse depois, mas agora estava entrando na casa em que ninguém era apresentado, a garota o levava pela mão, apesar de não rir para ele, continuava rindo para ninguém, a mão dela estava quente, começou a ouvir música lá dentro, e era pesada, e atrás de uma nuvem de fumaça havia um cara usando uma túnica marroquina esticado no sofá, os pés para fora, e havia um papagaio também, amaldiçoando num canto, outra garota pelada, ele achou que não tinha muita graça, ela só vestia um colar de contas grosseiras, uma velha dava lentas pinceladas numa lona pendurada na parede e felizmente, ele pensou, ela não estava nua, e olhou para ele com grande doçura, foi a única pessoa que olhou para ele, além das crianças floridas que estavam por ali também e tinham tomado ácido, era uma comuna hippie e a fumaça era azul, ele entrou em um nevoeiro espesso e saiu debaixo de uma ponte de ferro melancólica sobre a qual ninguém passava, em cima ou embaixo, apenas uma barcaça que não trazia ninguém dentro, e de repente ele começou a pensar que aquilo poderia ser o Porto, e não entendeu o que estava fazendo no Porto, mas a cabeça da sua irmã surgiu na escotilha do barco que deslizava, e foi apenas a segunda ou terceira pessoa que deu alguma atenção a ele, e só então ele resolveu andar sobre as águas e seguir o fluxo até onde o Douro poderia chegar, e ficou claro que se tratava do oceano, do qual o pai, o velho pai, sempre teve medo.

O que vê através da janela da comuna hippie é uma montanha de açúcar, ele tem certeza.

– Tudo ainda pode ficar pior em 2012.

– Você é pessimista.

– Você é que é otimista.

Disse um amigo nosso: Pai e filho vieram me visitar no hospital, os mesmos narizes, bicos de pássaros, a aparência de gaviões das pessoas do quadro famoso de Edward Hopper. Eles sempre parecem tristes. Mas quem está na cama sou eu! O filho já é um homem, um rapaz cabeludo, de suíças e olhar de ave de rapina, embora o coração seja o de um pardal, dá para ver. Pele amarelada no tom noturno daquele quadro do Hopper, ele poderia ficar à espera, parece que está à espera de alguma coisa sempre, um coração aflito, sempre o pior, mesmo rindo, ele ri das nossas piadas, das minhas, Cavallo finge que ri, dois velhos amigos conversando enquanto um deles está morrendo na cama de um hospital. Vejo o moletom encardido do menino, os dedos manchados de alcatrão, a mão suja de tinta de artista. Ele sai para fumar, nos deixa a sós, Cavallo não diz nada, mas eu posso dizer com certeza que seu rosto de pedra suavizou, os minerais desceram ao chão.

Nunca entendi o que aconteceu e ficou por isso mesmo, com ele é assim, quem vai perguntar, e se você pergunta ele não responde, é a força do hábito, você continua mergulhado na ignorância, o que é frustrante para uma pessoa que acha que tem alguma intimidade com ele. A verdade é que fiquei com medo de perguntar, pois não sabia o que viria, e algumas coisas que trancamos dentro de nós não sairão jamais, talvez só na hora de nossa morte, em forma de energia, escapando pela boca, algo que a gente deixou para dizer na última hora e não disse e pronto, já era, acabou, eu na qualidade de amigo deixei ficar do jeito que estava, que ele continuasse vivendo em seu mundo mineral, alheio ao que acontece do lado de fora, isso que nos corrói as entranhas até o último suspiro, a espada na cabeça, o grande desastre, o pior de 2012, o ano que todo mundo sabia quanto tinha sido ruim, embora ele tenha dito isso para um número tão pequeno de pessoas que dava para contar nos dedos de uma única mão, então era melhor não falar nada, a gente já sabia, era o seu terreno natural, feito de pedras e afeto escondido abaixo do solo estéril, se bem que a vida dele era cercada de bosques amorosos, essa é que é a verdade, mas então poucas pessoas sabiam o que acontecera de fato com o menino e não tínhamos a quem perguntar, tínhamos só o direito, só isso, ou nem isso, o que não basta quando se trata da pessoa em questão.

Cara fechada de totem, aquela que nunca ri e que fica acima de todas as outras, cara de cavalo, demônio do fim de semana (escrito à máquina).

Nenhum deles se interessou pelo assunto, a máquina sempre esteve ali, ao alcance das mãos, por que se preocupar? É só não mexer, mas por que mexer? Ela nos olha com sua naturalidade fria, por que desmontá-la para saber como funciona? Ela está sempre ali? Por que provocar o monstro bonzinho, o demônio que nos olha através dela a cada minuto que passa? E ela é tão pequena que passa desapercebida. Tão escura que ninguém vê. Apenas se ouve um clic, como um inseto que tivesse quebrado uma pata num campo de trigo onde está ventando. Suas revelações são feitas em outro lugar, tudo ao redor, ao contrário dele, precisa sempre estar limpo.

O canguru boxeador num subúrbio, a aborígene com um bebê branco no colo, tráfego e fantasmas, o trecho empoeirado e escuro onde um búfalo puxa a carroça de uma mulher, morcegos em voo livre de asas transparentes contra um céu sépia e um raio cortando a noite de uma cidade qualquer da Austrália, com sua raiz luminosa. Onde você está ainda é dia, e um dia, Kiko, eu voltarei num passe de mágica; e você também.

Disse um amigo de um amigo nosso: Eu vinha pela avenida e o trânsito parou. Logo à frente havia um rapaz de cueca, de braços abertos em cruz feito um guarda de trânsito dos mais antigos, quando eles ainda usavam luvas brancas e capacete de safári. Só que, imóvel, ele não controlava o trânsito, e sim instalava o caos. Os carros buzinavam de maneira frenética, alguns motoristas já estavam do lado de fora dos veículos, esperando algum desenlace. A cueca do rapaz era branca, o que lhe dava uma estranha vulnerabilidade de mártir, o calor era intenso. Um homem atravessou a pista correndo, era baixo e careca, mas troncudo. Ele chegou perto do rapaz e conseguiu baixar seus braços. Também conseguiu arrastá-lo para a calçada, as buzinas continuaram seu trabalho mais um pouco, as pessoas do lado de fora dos veículos começaram a entrar neles e muitas portas foram batendo em sequência, o rapaz chegou a tapar os ouvidos. Alguns balançavam a cabeça de um lado pro outro, mas ninguém ria, nem eu. O homem foi levando o garoto pela mão, o que acalmou o barulho em torno, um estranho silêncio baixou por um instante na avenida, mas logo em seguida os carros trataram de desembaraçar o trânsito. O homem parecia ter alguma ascendência sobre o garoto, só isso explicaria a mansidão com que se deixou levar. Eles entraram numa praça cheia de chorões. O homem tirou a própria camisa e vestiu o garoto, que não reagiu, parecia um boneco mole (antes, um espantalho). O homem ficou só com a camiseta que trazia por baixo, os dois sentaram num banco e ficaram olhando na direção do laguinho, para onde os patos se dirigiam na sua função trivial. Havia também uma pequena ponte em forma de arco, e sobre ela uma outra pessoa que observava a cena, sem interesse. Então os dois, que certamente eram pai e filho, ergueram juntos as cabeças para o alto, para a copa da árvore que fazia sombra sobre eles, e conversaram a respeito nessa mesma posição. Acho que entendi, ao menos imaginei do que se tratava, eu que havia estacionado o carro num lugar proibido: era de uma casa que eles falavam, uma casa que estivessem construindo no alto da árvore. O garoto estava calmo, o olhar fixo entre os galhos, a boca aberta, o homem levantou ainda mais o pescoço na direção do céu e fechou os olhos. A sombra da árvore tinha ido embora e agora restava apenas o sol, e eles estavam tomando o sol que sobrara.

Muitos anos após a morte do cachorro, a ilusão de tê-lo visto no acostamento de uma estrada pela qual está viajando sem rumo, depois do fim do casamento com Ed. Pensa em voltar para os dois, mas nunca consegue.

Disse um amigo nosso: Passamos a ver o Cavallo cada vez menos. A gente pensava nele, mas logo passava. A lembrança do filho foi ficando cada vez mais recuada na memória, a lembrança de alguém que tivesse partido em uma longa viagem, e só agora nos déssemos conta de que ela ainda não voltou. Ed estava em outro lugar, vivendo uma outra vida. Parece que se mudou para Nova

York, onde conheceu alguém. É ainda mais bonita na velhice, um paradoxo.

Se o filho não é pródigo não retorna? Teu irmão estava morto e não reviveu, estava perdido e não se encontrou (escrito à máquina).

São dez horas da noite não importa em que parte do mundo, algumas pessoas entram na banheira por volta de dez horas da noite como nos filmes, até o homem que não gosta de água está na banheira às dez horas da véspera de Ano-novo, em algum lugar escondido uma mulher secreta que pode ter a ver com Mata Hari ou Greta Garbo ou ninguém, o velho sem bicicleta, todos nus e o mesmo ruído de entrada no líquido, um leve marulho coletivo, o mesmo tipo de cansaço, um homem e uma mulher brigados, ela dentro d'água, ele fazendo a barba, uma loira platinada e seu amante do cinema, ele se barbeia, de toalha na cintura, ela se lava sem enlevo, uma garota grande em Paris chamada Marie, o cabelo crespo está preso num coque e sai vapor do seu banho quente, uma mulher de olhos claros e duas crianças acordadas, brincando a essa hora da noite enquanto ela fuma, mas daqui a pouco será Ano-novo, um casal de velhos, um de frente para o outro, tocando-se com os pés, segurando a borda, o rapaz magro que pensa no suicídio dos romanos, dois amigos velhos num banho público, um Vesúvio e um Monte Fuji, falando sobre morrer calmamente, esvair-se em sangue, donos do próprio destino, a calma perfeita, o filho da mãe, o filho que finge estar num barco, o filho adulto na água suja, o mistério de um avião que está por cair, o banho final, a flor de ameixa em mandarim, símbolo chinês do Ano-novo, a banheira deslizando pelos canais de Amsterdã com uma banhista dentro, Nova York, véspera de Ano-Novo, o fotógrafo por trás de um olho mecânico, que entra e se perde num mundo em preto e branco, rasurado em instantâneos, granulado e fora de foco em imagens de estrada, triste em casa, a banheira descendo pelas cataratas de Sete Quedas, o cheiro acre do sexo, o gosto adocicado do sexo, o perfume de lavanda, os apuros de Ulisses e Telêmaco e de toda a família grega, Penélope, a cadeira movida de volta para a sombra onde ela está dormindo sossegada, a lua amarela, o abandono, a brutalidade entre pessoas próximas, o amor, são dez horas da noite não importa em que parte do mundo, o sofrimento, a purificação, o retorno à matéria primordial, o líquido amniótico, o nascimento, os fogos de artifício, a vida desaparecendo pelo ralo, o renascimento, o recomeço, o meio e o fim, as primeiras horas da manhã assim que você abre os olhos certo de que ainda está vivo ao lado de alguém que dorme e te ama e que você cutuca para ver se ainda vive, mesmo depois do canto triste do pássaro da madrugada, dos defeitos e aflições da máquina humana avariada, mesmo depois da morte, do fim da música na cozinha, mesmo depois de tudo que está guardado numa caixa-preta, a bagunça de uma vida inteira.

O CASO DA FAIXA ESCONDIDA

No meio de uma mudança tumultuada, entre tantas outras infinitas mudanças da minha vida, voltei a pensar com insistência nesse velho amigo.

Significava recuar até 1991, quando nos vimos pela última vez, e essa já era uma conta longa, 26 anos corridos desde que ele se despediu de mim na porta do ônibus que voltava para Montevidéu.

Eu ainda coloquei minha cabeça para fora a fim de dar mais um adeus depois da despedida, e o vi estacionado no mesmo lugar, com um peso imenso a impedi-lo de voltar para casa, e ao mesmo tempo uma grande leveza conduzindo o seu último aceno.

Ainda depois de contornar a rodoviária e partir, eu o vi parado na mesma posição, uma imagem definitiva que eu deveria levar para casa, uma última fotografia de um ser pesado e leve, nariz pontudo e óculos, olhar bondoso esverdeado, cabelo grisalho e ralo, vestindo uma camisa em cima da camiseta regata habitual, uma nítida deferência pela minha partida, acenando de seu ponto fixo na Terra.

Não digo que não pensei mais nele depois disso. Ao longo dos anos, as lembranças vieram e foram embora, num turbilhão de outras lembranças que só aumentaram com a velhice.

Meu amigo sempre esteve lá, mas eu também fui perdendo outros amigos no caminho, e ele era apenas um dos primeiros da fila, aquele que ficou lá atrás, a primeira perda. Esse era o meu amigo, mas não aquele de que eu me lembrava, pois a sua morte ocorreu lá longe, na cidade uruguaia que escolheu para viver os últimos anos de vida.

Sua morte foi uma surpresa telegrafada numa frase curta, que jamais daria conta do acontecido. As más notícias ainda corriam pelos fios do telégrafo. Nas poucas palavras truncadas, enxerguei as lágrimas de sua mulher, do seu enteado e do seu cachorro.

Isso me leva àquela mudança desastrada dos anos 90. Minha ex-mulher morava no apartamento do qual eu tinha partido uma semana antes. Tudo ficara para trás sem retorno, incluindo a mobília. Passei na portaria para apanhar a correspondência, já que meu novo endereço era provisório, minha nova vida era provisória. Andava no estado flutuante daqueles que dão um grande passo. Talvez fosse em falso, mas já estava dado, e aquela casa já não era mais a minha desde a última semana daquele mês perdido na bagunça daquele ano.

Foi quando, no meio das cartas inúteis, vi o envelope com um garrancho no qual se lia meu nome e meu endereço antigo, um selo uruguaio e, como remetente, aquele amigo. Não esperei voltar ao hotel em que estava acantonado até achar outro lugar. Parei no bar da esquina, pedi um café horrível daquela cafeteira típica de boteco com uma coroa no topo, abri o envelope e comecei a ler o montão de folhas azuis com as notícias. Pensei que os garranchos, de tão infantis, escondiam certa alegria selvagem.

Até então eu nunca pensava nele, lembrava apenas vagamente de onde poderia estar. Sabia que era no Uruguai, mas não em Montevidéu. Não sabia o nome da cidade. Agora, pela carta, sabia. Fazia alguns anos que se mudara para lá, com Gloria e o garoto, e eu fiquei quebrando a cabeça para lembrar de uma Gloria e de um garoto, e acabei não me lembrando se ele havia me apresentado essas duas figuras, e a bem da verdade não lembrava nem mesmo de ele ter ido embora para morar em outro lugar, era tudo notícia de segunda mão que circulava na revista.

Nessa época eu nem trabalhava mais naquela revista, nem escrevia mais sobre música, e não sei por que ele mantinha esse afeto por mim, capaz de encher uma carta com notícias frescas e frases íntimas que só os amigos teriam o direito de escrever. Aquelas folhas azuis eram um selo real de amizade.

Gloria e o garoto iam muito bem, ele estava se virando, também não escrevia mais sobre música e, para ser sincero, ele dizia, estava apartado de tudo, tão apartado de tudo nesse planeta que se lembrara de mim. Por quê?

Porque eu tinha sido simpático todas as vezes em que nos vimos, e simpatia, na visão dele, era quase amor (e aí comecei a ouvir melhor a sua voz grave, cujo timbre era difícil de esquecer, bem como a risada sonora). Eu era uma pessoa irônica, mas não estava numa fase boa para ironias finas, então prestei atenção ao que ele escrevia. Qualquer coisa que me chamasse a atenção naquele momento seria bem-vinda.

Ele me convidava para uma visita, um convite tão inesperado que nem pestanejei. Apenas me deixei levar, fui ao orelhão azul da esquina, liguei a cobrar, a voz grave atendeu, meio sonolenta, pedi desculpas pela ligação a cobrar e meu amigo finalmente entendeu de quem se tratava e, despertando, disse com todo entusiasmo que era para eu ir agora mesmo (e comunicou isso a Gloria naquele momento) e ficou falando e falando coisas das quais não me lembro. Saí dali direto para a agência da mãe de uma amiga, comprei uma passagem, e assim, um dia depois do Natal, na levada de uma depressão suave, dei um beijo na testa da minha mãe velhinha e preocupada e parti para Montevidéu, levando um panetone na bagagem.

Faltou o cachorro. Entre as folhas azuis veio a foto de Tango. Estava escrito nas costas, com o mesmo garrancho: "Tango, alegria canina. Ele também é uruguaio. Porque, igual o Gardel, ele nasceu em Montevidéu".

Tango, segundo ele, era um vira-lata *agradable*, da família, tanto que fazia as refeições numa cadeira ao lado de Carlos (que também se dizia Carlos por causa de Gardel, e por influência do padrasto).

Resumindo na velocidade da luz, lembro que nem os solavancos a bordo do ônibus me despertaram de um certo torpor. Naquela semana, a tristeza vinha, me abraçava e ficava colada em mim, limitando meus movimentos. Eu brincava dizendo que precisava tomar uns eletrochoques como o Allen Ginsberg e o Lou Reed. Quando disse isso na frente de meu amigo, lembro que ele não achou graça nenhuma. Às vezes, simplesmente não achava graça, embora a maior parte do tempo achasse graça em quase tudo. Era quando dava aquela gargalhada que todo mundo sabia de onde tinha vindo. Depois passava, e seu aspecto ficava sombrio. Quando falei sobre os eletrochoques, vi uma sombra passando pelo seu rosto.

Então desci em Montevidéu e quase não vi Montevidéu. Se me perguntam se já estive lá eu costumo responder que apenas uma vez, em sonho. Peguei um táxi do aeroporto até a rodoviária atravessando o sonho. Lembro que era uma cidade antiga, uma cidade velha, onde eu bem poderia morar se estivesse acordado, porque sempre gostei de cidades pacatas e formais, com um café em cada esquina e pequenas livrarias de donos silenciosos, livrarias onde se poderia ir num sábado de manhã, ideia que me leva a um conto muito triste de Mario Benedetti, "Sábado de Gloria", sendo Gloria a mulher do protagonista, aquela que vai morrer num sábado calmo, normal e incompreensível.

Mas não vi nada disso em Montevidéu, pois se tratava de um sonho, e nunca estive lá. Na rodoviária, diante de um guichê com um funcionário cinzento, comprei uma passagem para a cidade do meu amigo, entrei num ônibus, cuja porta sempre se abre num suspiro, e apaguei.

Ao acordar, estava lá, e vi através da janela o meu amigo, à minha espera com um jornal debaixo do braço (Gloria depois me disse que foi a primeira vez que ele pisou na rodoviária, sendo a última aquela em que foi se despedir de mim). Ele me abraçou, tinha um forte cheiro de corpo: era sempre assim. Em seguida, carregou minha mala e foi mostrando a cidade. Antes, jogou o jornal no primeiro cesto de lixo. Eu disse que tinha trazido um panetone. Ele me agradeceu. Disse que a família amava doces, incluindo o cão.

O que lembro da cidade? Quase nada. Tirando a chegada e uns passeios pelo centro e pelas colinas próximas, mal saimos de casa. Era a sua geografia. Ele não gostava de sair de casa, Gloria me disse. Ao aparecer na redação ele sempre tinha o ar meio febril de quem acabou de vir de longe, encantado pelas coisas que descobriu no caminho. Isso porque já não era muito de sair, e quando saía, a pé, de ônibus ou de metrô, tudo era novidade.

No centro histórico, ele me falou que os portugueses tinham fundado a cidade. Parecia bonita, mas ele desviou do assunto e desandou a falar de comida, de bifes à milanesa e *dulces de leche*, e eu pensei com meus botões que não era à toa que ele estava tão gordo. Na verdade, nem estava, só que dentro de casa ele promovia o espetáculo permanente do seu corpo quase nu, de camiseta e cueca samba-canção e meias pretas, um chinelo velho e um roupão cinza, quando batia o frio da noite. Então ficava a sensação de que ele era gordo, de tão largado que era. Também estava cultivando um par de costeletas, e Carlos, o garoto que era seu enteado, ficava dizendo que ele parecia um cantor de tango que vira na televisão. A palavra tango acendia o cachorro sentado na cabeceira da mesa.

Também não me lembro do que assistíamos na televisão do Uruguai.

Lembro das prateleiras de aço que ficavam no corredor, lotadas de romances policiais, algo que ele já lia desde o tempo da revista, na qual aparecia com os livros debaixo do braço, e que devorava na primeira oportunidade, no primeiro vácuo de atenção que lhe dávamos, pois ele era só um colaborador freelancer, cujas laudas costumavam ser muito bem escritas e engraçadas, embora disséssemos que ele não entendia nada de música, só era bom em floreá-la.

Não era o que todos nós queríamos fazer, florear a música feito fãs que dessem conta daquilo? Eles o chamavam de Vovô. Parecia ter mais de 60 anos (não tinha ainda). Não sei por quê, talvez porque eu já fosse o mais velho de todos, eu o chamava pelo nome. Talvez aí tenha começado a nossa amizade.

Depois do rápido passeio de apresentação ("aqui era a igreja dos jesuítas, aqui o colégio, aqui as pedras portuguesas, ali o morro que é o Pão de Açúcar deles, ali é uma árvore bacana, com uma sombra da pesada, ali um restaurantezinho escondido, com um excelente bife à milanesa e *dulce de leche* e um café bem forte, um bom mate, aqui uma casa colonial de onde sempre escapa o som de velhos discos de tango, uma hora a gente volta com mais calma" – e claro que não voltamos), conheci Gloria, e atrás dela, Carlos, o filho dela.

Estavam parados no vão da porta da entrada. A casa não

ficava perto do centro, por isso pegamos um táxi, meu amigo se mostrou muito fluente no espanhol, papeando com o motorista. Falaram sobre as virtudes de um doce típico que não era o onipresente *dulce de leche*, não entendi qual. Então chegamos à casinha onde eles moravam, e Gloria e Carlos apareceram na porta de entrada, o garoto esticando a cabeça por trás do corpo da mãe. Gloria não era nem bonita nem feia, mas foi ficando mais bonita até o fim da semana, não sei como. Carlos era baixinho. Tango veio por último, sorrindo pelo rabo. Foi um raro instante em que me perguntei o que é que estava fazendo ali, um dia depois do Natal, até o Ano-novo, longe do meu naufrágio, sem ilha nem nada, apenas um hotel provisório não muito distante do apartamento que ocupara certa vez em estado de felicidade passageira.

Ainda no táxi, meu amigo disse que era a sua única semana sabática num ano complicado, em que trabalhara feito um mouro. Acrescentou que era um mouro autêntico, pois tinha nome árabe. Mesmo naquela semana sabática ele parecia estar trabalhando em alguns momentos, quando recebia umas pessoas para conversas reservadas no quintal, debaixo da única árvore, ou de um lado para o outro no jardim, parecendo um professor, um conselheiro, o que mais ele poderia ser?

Havia uma máquina de escrever num cômodo apertado dos fundos, mas ele nunca estava lá. Eu mesmo estive no local e batuquei um poema. Ele enxergou uma graça naquele poema que eu mesmo não enxergava. Depois soube que ele guardou o papel que eu havia jogado no lixo (por acaso estava com ele quando morreu, mas não lhe dizia respeito, era sobre minha ex-mulher, e não tinha pé nem cabeça. Sei disso porque Gloria me enviou o papel dobrado dentro de uma carta em que contava de que maneira ele havia morrido e eu o li com a curiosidade de quem não tinha nada a ver com aquilo. Perdi a carta e o poema dobrado em outra mudança conturbada. Perdi tudo).

Coube a mim dormir no sofá da sala, o que me deixou aliviado. Eu estava mais para uma aventura monástica, e naquela semana dormi pouco e meditei muito olhando para a luz que vinha do poste de iluminação e inundava a sala. Isso entre outras meditações.

Peguei um livro na estante e tentei ler, mas era vítima de um grande déficit de atenção. Quem disse que os livros foram feitos para serem lidos por inteiro? Foi o que aprendi com meu amigo e sua estante de ferro lotada de leituras de passagem. A não ser os romances policiais que ele adorava.

Nada de música. Eu tinha banido a música, pois ela não só acaricia, mas fere.

Os romances policiais. A vida na casa. O uso do banheiro. O que se comia no café da manhã, no almoço, no café da tarde e no jantar. Porque era o sol entrando na sala que me acordava de manhã, e a voz de meu amigo na cozinha gritando "E aí, *pibe*?" para o menino sonolento.

Por que você me convidou?, eu perguntava de vez em quando. Ué, porque você é meu único e melhor amigo. E então assoava o nariz com o lencinho de papel amarfanhado que sempre trazia no bolso. Parecia que estava discretamente chorando, e que aquilo era um truque, mas também poderia ser rinite. No peito, a camiseta regata, que já andava sozinha. E na sequência aproveitava para também limpar a lente dos óculos no mesmo lenço de papel. Aí se notavam os seus olhos nus esverdeados, acobertados pelas sobrancelhas espessas, "taturanas esquisitas, né?", dizia Carlos, puxando os pelos. Meu amigo era muito feio, mas não se passava um minuto sem que Gloria aparecesse e grudasse nele, se aninhando nos seus braços peludos de mouro conselheiro ou professor. Esta é a minha Gloria, ele dizia.

Cheguei quase na hora do jantar, uma sopa numa sopeira muito bonita. Apenas os pratos e os talheres pareciam vindos de cantos diferentes do mundo, o que não importava. A sopa era boa, de ervilhas ou uma canja com um macarrão de letrinhas, não houve mudança naquela semana: sempre sopa no jantar, e um pão durango, mas gostoso. Também tomamos vinho nacional toda noite.

Eu continuava sem apetite, o que os fazia me botar pra comer. Foram muito decentes. O garoto não falava muito, só prestava atenção na conversa dos adultos. Também o Tango, sentado à cabeceira com sua tigela cor de laranja, comia ração fazendo barulho, porque afinal era um cão, o cão mais educado e inteligente que eu já tinha visto, incluindo os cachorrinhos do circo e aqueles que dão a patinha e ganem pela falta de seus donos no fim de semana.

Fumando lá fora, meu amigo perguntou sobre ela. Ah, eu disse, ela é legal. Mas eu vivo mudando. De casa ou de mulher? De casa e de mulher. Você é um barba-azul, correto? E um caracol que carrega a própria moradia. Um caramujo filho da puta.

Ele não fez que sim nem que não. Apagou o cigarro no chão e soprou a fumaça para o ar. Eu, que nunca havia fumado na vida, resolvi fumar naquele instante, coisa que lhe pareceu estapafúrdia: ele me negou o cigarro e escondeu o maço.

Esse cigarro vai acabar com você. Só os fuzileiros e os marinheiros fumam. Você já ouviu falar da Marinha do Uruguai? Não? Pois é, praticamente não existe devido aos problemas pulmonares da frota.

Era um cigarro chamado Naval, com uma âncora desenhada no pacote.

O fato é que meu amigo e a família inteira, Tango incluído, perceberam que eu não estava bem. E eles tiraram aquela semana para cuidar de mim, o que só me deixava ainda mais recolhido. Nunca soube como agradecer o suficiente.

Depois ele me apresentou o banheiro, onde havia uma pilha de revistas eróticas "não pornográficas". Ele disse que eu podia me masturbar à vontade, que aquele banheiro havia sido interditado. Era tão pequeno que fazia sentido. Manda ver, ele disse. Mal dava para ficar de pé no chuveiro. Tango fazia suas necessidades na rua, levado por meu amigo nas primeiras horas da manhã. O resto da família usava o outro banheiro disponível. Foi uma outra coisa legal que me fizeram.

Do sofá da sala eu vi a vida adormecendo aos poucos na minha primeira noite uruguaia. Tudo ficou em silêncio, incluindo o cachorro, que pouco latia. Depois, só os grilos e as cigarras. Lá estava eu, a bordo de um barco familiar na ilha mais escondida do mundo – onde os marujos desapareciam com problemas pulmonares –, agarrado à primeira boia que apareceu.

A voz de meu amigo na cozinha gritando "E aí, *pibe*?" para o garoto. Assim a vida despertava. Levantei, arrumei o sofá-cama, deixei o cobertor e o lençol dobrados com o travesseiro em cima (e alguém os colocou no armário), tomei um banho e fui tomar café. Meu amigo, Gloria, o menino e o cachorro estavam na mesa para me fazer comer.

Confesso que comi. Meu amigo me ofereceu o mate, e saímos para o quintal. Ele já havia levado o cão para passear, tinha me visto dormindo como uma pedra, e disse que eu roncava. Mas baixinho, complementou. Pelo visto, era a hora de Tango brincar. Foi quando ouvi o seu latido pela primeira vez, e ele infernizou o pedaço até se acalmar.

Meu amigo disse que não costumava ler os jornais ("não compre jornais, minta você mesmo", como o slogan de uma greve de jornalistas), mas que, se eu quisesse, traria um para mim da banca da esquina (uma esquina distante). Alertou para o seguinte problema: Nada acontece por aqui. Então eu abri mão do jornal, e ele disse que escolhesse os livros na estante, e eu respondi que já havia pinçado um. Aquele que estava aberto no seu peito quando eu passei pela sala, ele disse. Ele juntava as histórias de detetive todas no mesmo nicho da estante. Ele contou: era um espaço reservado só para a coleção Negra, impressa em Portugal, com histórias dos mais diversos detetives, de Poirot a Nero Wolff, passando por Jessy Horn, a mulher-detetive do Mississípi, e Nilo Cintra, um investigador tripeiro, híbrido entre os cérebros das histórias antigas e os depressivos violentos de Raymond Chandler.

Nilo une a perspicácia com a ação, toma Calvados nos lugares mais improváveis, não usa chapéu, gaba-se de jogar pingue-pongue feito um chinês por ter vivido cinco anos em Xangai, onde, aliás, conheceu o vício do ópio.

Suas histórias, além de serem recheadas de força bruta e crimes sórdidos, às vezes escapam para paradas ainda mais longínquas do Oriente profundo. Se eu fosse um detetive, seria o Nilo, seria um durão com nome de rio africano, ele disse.

O livro aberto no meu peito era justamente "Crime na Ponte dos Arcos", uma aventura de Nilo Cintra escrita por Emmanuel Castro. Enquanto lia, enxergava a figura de meu amigo no lugar do detetive. Com o passar dos anos, meu amigo às vezes aparecia nos sonhos envolto numa bruma do rio Douro, conversando com pescadores noturnos ou tomando Calvados enquanto observava os garotos pulando de uma das maravilhosas pontes da cidade, exatamente como Nilo Cintra. Onde teria achado esses livros?

Para o almoço, bife à milanesa, que Gloria preparava. Tirando a noite do Ano-novo, eu só comi bife à milanesa com purê de batatas enquanto estive com eles. Às vezes, espaguete. À noite, a sopa. E não estava mal, quem precisa de mais do que isso? Para o sagrado *té* da tarde, biscoitos misteriosos que apareciam do nada. De resto, vagabundeávamos pela vizinhança, ele falando com todo mundo, e eu com a sensação agradável de estar apartado de tudo. "Aborrecimento e divagação, é tudo o que temos por aqui", ele ficava repetindo. E "Estamos numas de paisagem interior", para justificar o fato de não sair de casa, ou, no máximo, não sair da vizinhança, onde parecia se relacionar com todo mundo.

Ele me contou de que maneira conheceu Gloria e o garoto. Foi num show de Caetano Veloso no Theatro Municipal. Não no show propriamente dito, que eles acabaram não assistindo. Gloria gostava de música brasileira. Ela, que era uruguaia, estava no Brasil por motivos nebulosos, que talvez tivessem a ver com a separação do marido e uma fuga para o outro país. O garoto estava junto, na porta do Municipal. Os ingressos estavam esgotados, e os dois, de mãos dadas, conversavam em espanhol com o bilheteiro, que não entendia nada.

O garoto era quase um bebê que já sabia andar, e tinha aquela não eloquência natural que eu viria a conhecer anos depois. Meu amigo assistiu a tudo isso de perto. A cada vez que a fila da entrada avançava, ele enxergava melhor Gloria e o garoto, ao lado do bilheteiro. Quando foi a sua vez de entrar, ele puxou uma conversa em seu espanhol então claudicante. E a fila foi avançando sem ele. Disse que caiu de amores por ela ali mesmo, movido, ele achava, pela desproteção natural da estrangeira, "que não era francesa, holandesa, dinamarquesa, era só uma latinoamericana igual a mim e a você". Ele sofreu um impulso de proteção irresistível, que nunca tinha sentido antes, e acabou esquecendo o show, esquecendo Caetano, o Theatro Municipal, e acabou levando os dois para a leiteria ali do lado do Mappin, oferecendo ao garoto um frappé de coco que ele adorou, e à moça um leite maltado que ela também curtiu. Passou a noite falando sem parar sobre tudo o que não sabia sobre o Uruguai (e o tanto, pensava, que teria de aprender).

O pai do garoto, ele entendeu, não precisava explicar, seria um problema até hoje. Mas o resumo da ópera é que ele assumiu tudo, estava apaixonado e mandou ver, colocou a própria vida de cabeça para baixo, e agora vivia do jeito que podia.

Esse virar-se para viver eu não acompanhei, pois estávamos entre o Natal e o Ano-novo, quando nada acontecia, principalmente ali. Então estávamos num limbo, em que tudo era leve e aceitável, em que o bife à milanesa podia ser a regra, assim como o *dulce de leche* e os passeios limitados e vagabundos por nada e lugar nenhum.

Ele podia aguar uma plantinha que não vingava e tudo bem. Examinava o vaso em que ela estava com uma curiosidade científica, mas ela não crescia, e tudo bem. Acho que era um pezinho de maconha, embora não o tenha visto de posse de nenhum baseado enquanto estive vadiando por ali. Importante é que ele a tratava com uma curiosidade científica. Que chegava mesmo a conversar com ela, na minha frente, esperando "alguma resposta verde".

No *té* da tarde falamos sobre a plantinha. Era o nosso vegetal favorito, escondida num canto para que o cachorro não urinasse nela.

Também jogava *crucigramas* sempre que podia. Palavras cruzadas, eu não tinha a paciência necessária, ainda não era tão velho assim. Caso me visse calado num canto, ele começava a perguntar qual era a palavra, dizendo "por favor, ajude este pobre coitado em seu crucigrama desalmado".

Ele tentava meditar de manhã. Sei que nunca conseguia se concentrar. Terminava com as pernas formigando uma barbaridade depois de ficarem cruzadas em posição de lótus por 15 minutos.

Tirávamos fotos um do outro na sua maquininha. Em apenas uma delas posamos juntos, graças a Gloria. O resto eram closes na sua cara, nos seus óculos, nos braços peludos saindo da camiseta, e também poses no jardim, na porta da casa e na mesa do café, na companhia de Tango. Tudo isso, me disse Gloria, e estava na cara que ia acontecer, perdeu-se para sempre, incluindo a máquina e os negativos. Só guardo imagens mentais do meu amigo e da cidadezinha no Ano-novo de 1991. Lembro que eu estava muito magro, magro demais para uma festa.

Meu amigo me disse que tinha problemas para dormir. A tentativa de meditação tinha a ver com isso. Não conseguindo, ficava irritado, ia jogar palavras cruzadas, assistia televisão, bebia o vinho e ficava ligado. Disse que, em certas noites de verão, costumava subir no telhado, onde parecia mais fresco. No outro dia, estava um caco. Mas às vezes parecia ter tanta coisa para fazer, do nada, que não tinha tempo nem para uma soneca. As pessoas vinham procurá-lo, eu achava que eram seus alunos, ainda que não parecessem aulas as voltas peripatéticas que ele dava com toda aquela gente.

Vinham pedir conselhos, vinham jogar conversa fora, vinham dar risada, e tudo me parecia de graça. Então, como ganhava a vida? Sei que Gloria dava aulas numa cidadezinha próxima. Não sei do quê, ela parecia saber um monte de coisas, mesmo sem falar muito. No terceiro ou quarto dia, ela já era uma mulher bonita, que gostava de música brasileira, que aliás não se ouvia muito naquela casa.

Tudo que se ouvia era The Zombies. Ele traduzia o nome deles e punha para tocar Os Zumbis sempre que a casa dava uma folga. Ouvia The Zombies porque dizia ter enjoado dos Beatles & cia, embora não tivesse enjoado do espírito daquela época. Que espírito? O cabelo de pajem, os óculos escuros quadrados, as gravatas extravagantes, as botinhas de Beatle, as camisas cor de criança, é isso aí. The Zombies sempre ficou na retaguarda dessa parafernália toda. Não eram os Rolling Stones nem os

Beatles. Não aguento mais esses caras, ele dizia.

Eu estava longe da música, doente de música, então, tanto fazia. Era o disco de despedida dos Zumbis que ele tocava, era a tecla em que ele batia sempre que havia um intervalo na programação.

Uma noite acordei com um vulto sentado na poltrona de canto. Era meu amigo, estático na penumbra. E fumando. Quanto tempo faz que você está aí, perguntei. Um tempão, não consigo dormir. E está meio frio para subir no telhado. Então levantei, passei no banheiro, fui à cozinha beber água e, ao voltar, ele já não estava mais lá. Foi dar uma volta. No silêncio da cidade que dormia, ele contou que seus sapatos pareciam sapos, e que encontrou uma mulher sisuda saindo de um carro com uma bandeja enorme coberta de celofane. Ele fechou o robe listrado e passou adiante, olhando para o céu e deixando no ar uma frase de turista interplanetário: *Hermosa luna*.

E assim, bifes, *tés,* sopas noturnas e o mate compartilhado foram me fazendo bem à alma. O que aconteceu foi que desliguei. Não liguei uma só vez para minha ex-casa, minha ex-mulher só aparecia nos sonhos, e neles não chorava, ao contrário: estava cuidando da sua vida como se eu, que era o espectador do sonho, nunca tivesse existido. Disseram que eu engordei, apenas o suficiente para estar numa festa sem que o cachorro atacasse uma pilha de ossos inesperada. Minha libido, porém, estava no chão, e quando usei o banheiro foi apenas para olhar as revistas eróticas com o olho clínico de uma pessoa que não pensa mais naquilo, que se livrou de um peso morto. O Barba-Azul está morto, eu disse. Meu amigo ajustou os óculos no rosto e respondeu que apenas andava de férias.

Em seguida, houve o blecaute da véspera de Ano-novo. Ficamos às escuras durante horas. Acendemos velas pela casa, Gloria temia um incêndio. Meu amigo e o garoto sopraram algumas e cantaram *Parabéns a você*. E o resto foi uma longa conversa regada a mate, os ouvidos e os olhos desatentos àquilo que acontecia ao redor, ou seja, grilos e cigarras e vaga-lumes. O garoto capturou um vaga-lume num copo de vidro, e passamos um bom tempo observando o inseto sobre a mesa. Depois meu amigo mandou soltá-lo, porque, ele disse, era incapaz de matar uma *luciérnaga*. E se pôs a cantar *El dia que me quieras*:

Y un rayo misterioso
Hará nido en tu pelo,
Luciérnagas curiosas que verán
Que eres mi consuelo

(E um raio misterioso
fará um ninho em seu cabelo
vaga-lumes curiosos que verão
 que você é o meu consolo)

A mais bela canção do mundo.

Mas quando tudo levava ao sono, depois de todas as nossas brincadeiras de criança, quando Gloria e o garoto apagaram no sofá e depois foram se arrastando até suas camas, meu amigo permaneceu na poltrona do canto, em uma nova noite insone.

Foi assim que adormeci ouvindo um relato de sonho sem fim, que parecia não ter pé nem cabeça, de modo que, no dia seguinte, fiquei tentando juntar seus cacos. Não entendi por que ele parecia tão preocupado ao narrar, quase entrando em transe, antes que eu apagasse no sofá.

Era o sonho dos óculos quebrados. No único trecho que lembro, meu amigo está cercado por uma multidão (ele detestava multidões), e contra sua vontade é arrastado ao buraco do metrô. Não tem como escapar, é irresistível, a escuridão o espera, cada vez mais próxima. Aí ele perde os óculos, ouve na sequência o barulho dos óculos pisados na escadaria do metrô, e nada pode fazer. Sem enxergar, pois ele é ainda mais míope no sonho, chega à entrada escura e desaparece na voragem da multidão. Desapareci, ele disse, visivelmente atormentado, porque fechei os olhos e me deixei levar, e isso, está na cara, é a morte, a morte que troca a luz pela escuridão. É a pior, a mais solitária, no meio da multidão.

Tenho 60 anos, ouvi ele dizer. Muito jovem para morrer. E ainda sem a minha Gloria.

No meio da noite, fui despertado pelas luzes acesas e o ruído da agulha do toca-discos, que parecia estar se deslocando para o final, mas entrou em uma nova música, que acordou a casa inteira. Perplexo, do meu sofá-cama, sem entender nada do que acontecia, olhei para aquela festa súbita de luzes e som. Não consegui fazer nada. Olhei para o disco girando e lembrei que os Zumbis foram, é claro, a última coisa que escutamos antes do blecaute. E eram The Zombies, em seu disco de despedida, que tocavam a toda no meio da madrugada.

Antes de me levantar, vi meu amigo aparecer esbaforido, de camiseta e cueca, descabelado onde havia cabelo, ajustando os óculos no nariz, um olhar arregalado de espanto. E antes que eu pudesse tirar o disco, ele me fez parar e prestar atenção.

Que música é essa? Dos Zumbis, de quem mais poderia ser? Essa canção, ele fez questão de ressaltar, NUNCA tocou no meu disco dos Zombies. Ela não existia até agora. Então, ficamos ouvindo.

Havia uma voz hipnótica em primeiro plano, e uma música de elevador ao fundo. Era The Zombies e não era The Zombies. Tentamos entender o que ela dizia. Então Gloria e o garoto apareceram na porta, o garoto esticou a cabeça e disse: "You need to hear this before you die". Você precisa ouvir isso antes de morrer. Meu amigo ficou estupefato. Achei que tinha a ver com o sonho dos óculos quebrados etc. e tal. Mas não era nada isso. Ele ficara espantado com o inglês do garoto. Forçamos o ouvido e era isso mesmo que a voz dizia, no meio da música de elevador.

Esses caras, meu amigo disse olhando para o garoto, são todos gênios. Todos gênios. E eu não tinha a menor ideia de que existia essa faixa escondida. Aposto que ninguém sabe. Espero que os Zombies ainda se lembrem.

E assim, até as primeiras horas da manhã, ficamos ouvindo o lado B de "Odessey and Oracle" até o final, quando então havia um longo chiado de suspense até a entrada da faixa escondida. Antes do café da manhã, eu e meu amigo levamos Tango para se aliviar. Meu amigo foi assobiando.

Apesar disso tudo, meu interesse pela música não voltou.

O inglês do garoto, o seu sotaque espanhol ao falar português e inglês: numa única conversa que tivemos perguntei sobre a sua escola, e ele me disse que era meio vazia, que a professora de Inglês era muito boa, que o professor de Matemática nem tanto, era um ditador. Ele também gostava dos *crucigramas*, que não eram só coisa de velhos, e também gostava dos livros da estante do padrasto, e podia ler o que quisesse (de fato, ele estava lendo debaixo da árvore quando me aproximei). Disse que pretendia sair da cidade assim que fizesse 18 anos. Dei a maior força. Mas não vá simplesmente virar as costas e ir embora, eu disse. Nunca dá certo. Tente argumentar. Se não funcionar, é por sua conta. Ele fez que sim, depois ficou pensando. Era um velho garoto. Por isso apertei sua mão. Achava que, muito mais tarde, ele rejuvenesceria, ainda que a recaída não tardasse e ele se descobrisse de repente um velho no espelho, certa manhã.

Fomos comer o nosso bife como bons amigos, e tanto Gloria quanto meu amigo ficaram contentes com nossa amizade. Tango olhava tudo, babando.

Quando chegou o Ano-novo, meu amigo vestiu uma camisa branca, a única que possuía, e aparou as costeletas, Gloria apareceu com um vestido florido, no auge da sua beleza crescente, o garoto estava de sapato e o cachorro do mesmo jeito, apenas mais limpo, depois do banho. Eu fiz o melhor que pude.

Na noite de Ano-novo, à luz de velas porque houvera um novo e rápido blecaute que deixamos pra lá, comemos carne assada, castanhas e avelãs, os-biscoitos-que-apareciam-do-nada e o meu panetone. Tomamos champanhe nacional e ficamos todos meio bêbados. Ficamos papeando e rindo, inclusive o cachorro.

A cidade parecia estranhamente muda, sem fogos de artifício, apenas os vizinhos desejando feliz Ano-novo depois da contagem regressiva. Meu amigo me abraçou e disse assim: "Levanta a peteca". Haha. Levantarei. E Gloria me deu um beijo perfumado. E o garoto me deu um abraço de alguém que está para partir naquele instante. Tango latiu. Todo mundo sabia que eu iria embora no dia seguinte, e meu amigo e eu só conseguimos dormir de manhã.

Ele sentou na poltrona de canto, falou sem parar, rimos e até gargalhamos, e ao abrir os olhos com o sol na cara, notei que ele continuava afundado no mesmo lugar, a camisa branca aberta no peito peludo, dormindo profundamente. Não lembro nada do que conversamos, só do riso e da gargalhada. Ou melhor, lembro que achamos muito sério o fato de o garoto querer ser jornalista. "Não compre jornais, minta você mesmo".

E assim, naquela tarde, logo depois do almoço de restos do Ano-novo, eu fui embora. Ano-novo, vida nova, ele me disse. Levanta a peteca, eu devolvi. Gloria chorou no portão (Esta é a minha Gloria, ele disse), o garoto também chorou atrás dela, e eles gozaram das lágrimas de meu amigo, tirando os óculos e reclamando de um cisco no olho do tamanho de um cometa. Tango não ganiu. Adeus, Tango, soprei na orelha dele. Segura o osso dessa vida dura.

Não sei por quê, não chorei. Acho que tinha deixado todas as lágrimas para trás.

Na rodoviária, meu amigo disse que eu deveria voltar para a música o mais rápido possível, e escrever sobre a nossa faixa escondida, antes que esquecesse.

Por isso, esta vai para você.

O telegrama com a notícia de sua morte me fez gostar ainda menos de música. Nunca mais voltaria para ela como era antes.

E só agora que supostamente consegui me recuperar, agora que cheguei à sua idade, sinto que estamos quites.

NOTA FINAL

Algumas superstições e os hábitos japoneses encontrados neste livro foram ouvidos em "Sans Soleil", o extraordinário filme de Chris Marker.

A piscina clandestina, e a visita ao amigo que acaba de se separar seguida de uma caminhada de volta para casa às 3 horas da manhã são ideias emprestadas de dois mangás de Jiro Taniguchi, "Sanpo Mono" ("O Passeador"), em seu capítulo "Os pepinos amargos no meio da noite", e "O homem que passeia", com todo respeito e admiração.

Já um dos personagens deve muito à biografia do fotógrafo Robert Frank. E outro, às fotos de certo escritor sul-americano achadas por acaso num blog obscuro.

São Paulo, Nova York, 2017-2019

Dados Internacionais de Catalogação na Publicação (CIP)

V931e Volpato, Cadão;

Espíritos de carros quebrados / Cadão Volpato – São Paulo: Faria e Silva Editora, 2020.

148 p.

ISBN 978-65-991149-5-3

1. Literatura Brasileira

CDD B869

Este livro foi composto em Eau Douce Sans,
papel pólen bold 90 g/m² para o miolo e cartão
triplex 250 g/m² para a capa.

São Paulo, setembro de 2020